禁止
入内

荆棘山

〔英〕潘·斯麦 著绘 秋旻 译

台海出版社

北京市版权局著作合同登记号：图字01-2021-4173

THORNHILL

Text and illustrations©Pam Smy, 2017

图书在版编目（CIP）数据

荆棘山 / (英) 潘·斯麦著绘；秋旻译. — 北京：
台海出版社, 2021.11
　　书名原文: Thorn hill
　　ISBN 978-7-5168-3151-9

　　Ⅰ.①荆… Ⅱ.①潘… ②秋… Ⅲ.①长篇小说－英
国－现代 Ⅳ.①I561.45

中国版本图书馆CIP数据核字（2021）第199774号

荆棘山

著 绘 者：〔英〕潘·斯麦	译 者：秋 旻

出 版 人：蔡 旭	封面设计：刘 颖
责任编辑：戴 晨	策划编辑：李梦黎

出版发行：台海出版社
地　　址：北京市东城区景山东街 20 号　　邮政编码：100009
电　　话：010-64041652（发行，邮购）
传　　真：010-84045799（总编室）
网　　址：www.taimeng.org.cn / thcbs / default.htm
E－m a i l：thcbs@126.com

经　　销：全国各地新华书店
印　　刷：文畅阁印刷有限公司
本书如有破损、缺页、装订错误，请与本社联系调换

开　　本：880 毫米 × 1230 毫米	1/32	
字　　数：149 千字	印　张：17	
版　　次：2021 年 11 月第 1 版	印　次：2021 年 11 月第 1 次印刷	
书　　号：ISBN 978-7-5168-3151-9		

定　　价：118.00 元

献给我的丈夫

1982.2.8

　　我就知道好景不长。看都不用看我就知道是她回来了。我能听到她的笑声在楼梯间回响，当她走回自己的老房间，走廊里的每扇门都像以往那样砰砰作响。听到这些声响我简直呆住了，那种感觉又钻进了我的骨头缝里，恐惧刺痛了我的脖颈和后背。

　　我简直不敢相信这是真的。

　　现在我该怎么办呢？

1982.2.9

　　我决定把自己锁在房间里，这是唯一安全的办法。我会告诉他们我病了或者现编个其他的理由，没准儿他们根本就不会注意到我不在楼下。只要我见不到她，只要我不用面对她，不用看着她的眼睛，也听不到她的声音就好。对，躲在屋里是个办法。

　　其实住在楼上挺好的，我是唯一一个拥有独立洗手池和浴室的女孩。我喜欢住在整栋房子里最高的房间，一抬眼就能看到窗外树上最顶端的树枝。我能看到鸟儿又快又自在地掠过，是那么无忧无虑。

　　从这里我可以远远望见那些正常的普通人的生活。早上的时候，我看着他们睡眼惺忪地拉开窗帘，穿着睡衣出门倒垃圾，把他们的猫放出去玩耍，或者在门口喂鸟。夏天的时候，他们和朋友聚在一起，他们嘈杂的欢笑伴着酒杯叮当碰撞的声音回荡在院子里。在那些炎热的天气里，我看着孩子们尖叫着在充气泳池里互相泼水嬉闹，或者为了玩一辆小三轮车争个不停。你知道的，就是那些平凡普通的人和他们平凡普通的家庭。当然了，有时候这些对我来说太难承受了，所以我不得不把他们"拒之窗外"。

　　总而言之，这里还不错。并且把自己关在房里一点儿也不难。

1982.2.10

　　我今天开始做另一个人偶了，我已经捏出了它的身子，胳膊和腿。我把它做得小小的，像个孩子，不过我还不确定它会是什么样子。

　　到目前为止，我似乎还能躲在楼上来回避这一切。我只有在确定所有人都聚在一起看电视，凯瑟琳还系着围裙忙着收拾饭厅的时候才会下楼。凯瑟琳对此心知肚明，她知道我不会下楼和大家一起吃饭，也知道我会把昨天的餐盘带下来，重新装满面包卷、袋装饼干、酸奶和苹果。她看着我，冲我眨眨眼，默认我继续装满餐盘。我喜欢凯瑟琳，她人很好。

　　即使每天只偷偷溜下楼 5 分钟，我也会因为害怕而感到恶心。我的手心因为冒汗而湿滑刺痛，心脏怦怦狂跳，即使已经安全地回到了屋里，也要平复好一会儿双手才能停下颤抖。

　　我已经好几个月没有过这种感觉了。上次她被送到寄养家庭的时候，我才松了一口气。我感觉这些年我一直连口大气儿都不敢出。她离开以后其他女孩也不怎么友好，但她们没来打扰过我。她们不和我说话是因为她们得不到回复，所以她们通常会表现得像我不存在一样——一个隐形人。那种感觉挺孤独的，但我已经习惯了。和她来到荆棘山带给我的恐惧相比，孤独根本算不了什么。

我能理解他们为什么这么喜欢她。如果让你来形容我们，第一印象也会是这样的。虽然我俩都是金发碧眼的十三岁女孩。但是我的头发又长又塌，她的头发自然而卷曲。我的眼睛小小的，还长着天生的黑眼圈，她的眼睛又大又圆又漂亮。我总是皱着眉头，而她看起来像个脸颊红润的洋娃娃。其他人像哈巴狗一样跟在她屁股后头，急切地想捕捉她的美，给她留下深刻印象，这样她就会赏给他们一个美丽的微笑。

不过幸运的是，我到现在还没见到她，我想也许她不会来打扰我了。有时候我能听到她经过楼下走廊的声音，如果她和老朋友走在一起，就会发出跺脚声和刺耳的大笑，要是她一个人走，就会捶打经过的每扇门，发出砰砰的声响。这样的声音也会让我忍不住发抖。有时我会在夜里醒来，那些噪音依然在我脑中回响。即使在梦中那"砰，砰，砰"的声音也使我恐惧。砰，砰，砰。我躺在床上浑身冰冷，被恐惧和回忆萦绕。

砰！

砰！

砰！

1982.2.16

我开始厌倦总吃面包卷和酸奶了。

35

1982.2.17

今天我开始重读《秘密花园》了。我几年前读过一次，但现在已经忘了很多了。故事里的女孩也叫玛丽，她的父母在故事的开头就去世了，所以她跟我一样，都是孤身一人。不同的是她想什么时候说话就什么时候说，所以她和我终究还是不一样的。而她呢，应该是书里的女主角，但是作为主角来说，她应该是那种不那么招人喜欢，一副病恹恹、生着暗黄没有血色的皮肤、脾气火爆，总是和人过不去的样子。其实我挺高兴她不是那种"标准"的主角——长着漂亮的容貌，面对可怕的困难时还总能保持着善良和耐心。生活根本就不是那样的，最起码我的生活不是。

书里的玛丽也经常被别的孩子欺负。他们把她编进儿歌，对她唱"玛丽，玛丽，不合群"。但是她没有理睬他们。说实话，即使是我也会忽略那些辱骂的。

我决定把我的新人偶捏成一个"不合群的玛丽小姐"。一放学我就窝在窗下的地板上不停地摆弄黏土，又捏又塑，直到它的脑袋慢慢成形。塑造脸型和我想象的一样困难——尖尖的鼻子和下巴，凹陷的小眼睛。不过我还是享受这个过程的。真奇怪啊，当你专注于做某件事情的时候，晚上的时间就过得出奇的快。

我常常想，要是没有我的黏土小人儿，我的生活会是什么样子。我想起那些没有创作热情或者想象力的女孩儿，疑惑她们平时都在干什么？不知道她们会不会觉得无聊，反正我不会。我一直在学习，不仅仅学习世界各国或历史上有记录的不同人偶类型，还学习如何制作出这些小身体、衣服、头发、眼睛和鞋子。我喜欢被自己创作出的东西包围着。它们坐在我床上方的架子和书柜上，被悬挂在天花板上，或安放在窗台上。我的人偶们就像是朋友一样坐在周围陪伴着我，注视着我制作它们的同伴，或者看我在速写本里添上新的想法和设计。我知道有些人会感觉被这些小眼睛盯着很恐怖，但我不这样想。当我走进餐厅，看到那些过去一百年里曾在这里生活过的无名女孩的照片幽灵似的排成一排，那才叫恐怖。我的人偶给我带来安慰，从某种程度上来说，就算我总是孤身一人，但有我的人偶们在身边，我就不觉得那么孤独。

1982.2.25

我的好运气到头儿了。

简今天到我房间来了。当然，简会上来。在所有看护人员里，她看起来算是真正关心我们的人。她脸上挂着可爱的笑容，样子很温和。有时，她会拍拍我的手背，圣诞节的时候她会来拥抱我。如果是在楼上这个安全的房间里，我其实可以跟简说说话。不知道为什么，在皮特和莎伦面前我就出不了声，我无法回答他们的问题，小声回答都做不到，即使在我安全的房间里也不行。但是跟简说话就容易些。她是那种能发现有哪些情况不对劲的人。我听到了她轻柔的脚步声，然后轻轻的敲门声响起。

"嗨！"她问道，"我能进来吗？"

我还没来得及回答，她就已经进来了，她放松地躺在床上，依然带着笑容，好像她是我最好的朋友似的。有时候我会提醒自己她是被雇来干这活儿的，这只是她的工作。我就坐在那儿等着听她要说什么。

"哇！看看这些新人偶！它们可真棒，玛丽！自从我上次来过之后，看来你又添了不少新的。"

我什么也没说。

她拿起了"玛丽小姐"。"哦！这个是你吗？它看起来跟你一样，你这小机灵鬼儿！"

我还是沉默着。

我希望她别再这样兴高采烈、喋喋不休的了。听起来觉得怪怪的。她聊了一会儿关于黛安娜王妃怀孕的新闻，又说了说荆棘山就要关门大吉的事情，还有关门之后其他女孩儿会被安排在哪里。

然后就是一段沉默后，她接着说："我就是觉得应该来看看，因为我有一阵子没见到你了。我想知道你过得怎么样，你还好吗？"

我看着她宽宽的脸庞和那涂了粉红色唇膏的带笑的双唇。她紧张地摆弄着"玛丽小姐"，人偶耷拉着脑袋，随着她翻来覆去地摆弄而左摇右摆。

"嗯……是这样……我在想我最近都没见到你，我也打听了你的事儿，我想也许你一直避免下楼来，是因为……因为某些人回来了。"

我觉得很冷。我眨眨眼睛，告诉自己，表现得自然点儿。我什么都没说，只是又眨了眨眼。

"我注意到自从她回来了，你就不和我们待在一起了。你早上很早就去学校。我知道你从来都不爱和大家一起看电视，可是现在你连餐厅都不来了。我甚至不能确定你到底有没有好好吃饭。你吃东西了吗，玛丽？"

我盯着她，这实在太过分，太亲密了。我不想谈论这些，也不想听这些。我试着屏蔽掉她的话，而把注意力集中在她的手上。她反复拍打着"玛丽小姐"，我试着不去听她的话但做不到。从她的闲谈里，我不断听到了诸如"我们得同情她""很难被重新安置""你一定还记得当你以为自己已经被安置到新家庭里却又被送回这里来是什么感觉""她一定感到自己被拒绝了""你应该给她个和你交朋友的机会"之类的话。

听到这儿我突然回过神来。

朋友？

朋友！

"你能做得到吗，玛丽？如果我跟她说好了，请她和你交朋友，你愿意试试吗？"

她是认真的吗？她明白她这个建议意味着什么吗？

"玛丽，我知道因为你表达上的问题和之前的那些事，这对你来说更加困难，但是……你能试试吗？

"我现在要下楼去找她聊聊了，明天你可以下楼来和我们大家一起吃早饭。如果我们所有人都能和睦相处，对荆棘山的每个人来说都是好事。明天早上我来敲门叫你，这样我们就能一起下楼了，好吗，玛丽？"

这听起来像在征求意见，但其实是一道指令。

我意识到我一直盯着她，就又眨了眨眼，我的眼睛疼得不行。"记住这些事，这样一会儿就能写下来了。"眨眼，我的下巴好疼。"记住她给你提的要求。"眨眼，我觉得好冷。

"我真高兴一切都解决了。"她说。

简起身走了出去，还随手关上了门。我喜欢简，可她这次真的错了。

我从始至终一言不发。

我注意到她把"玛丽小姐"随意留在了床上，她的胳膊和腿扭曲地交叠着，脸朝下趴在枕头上。

低价
出售

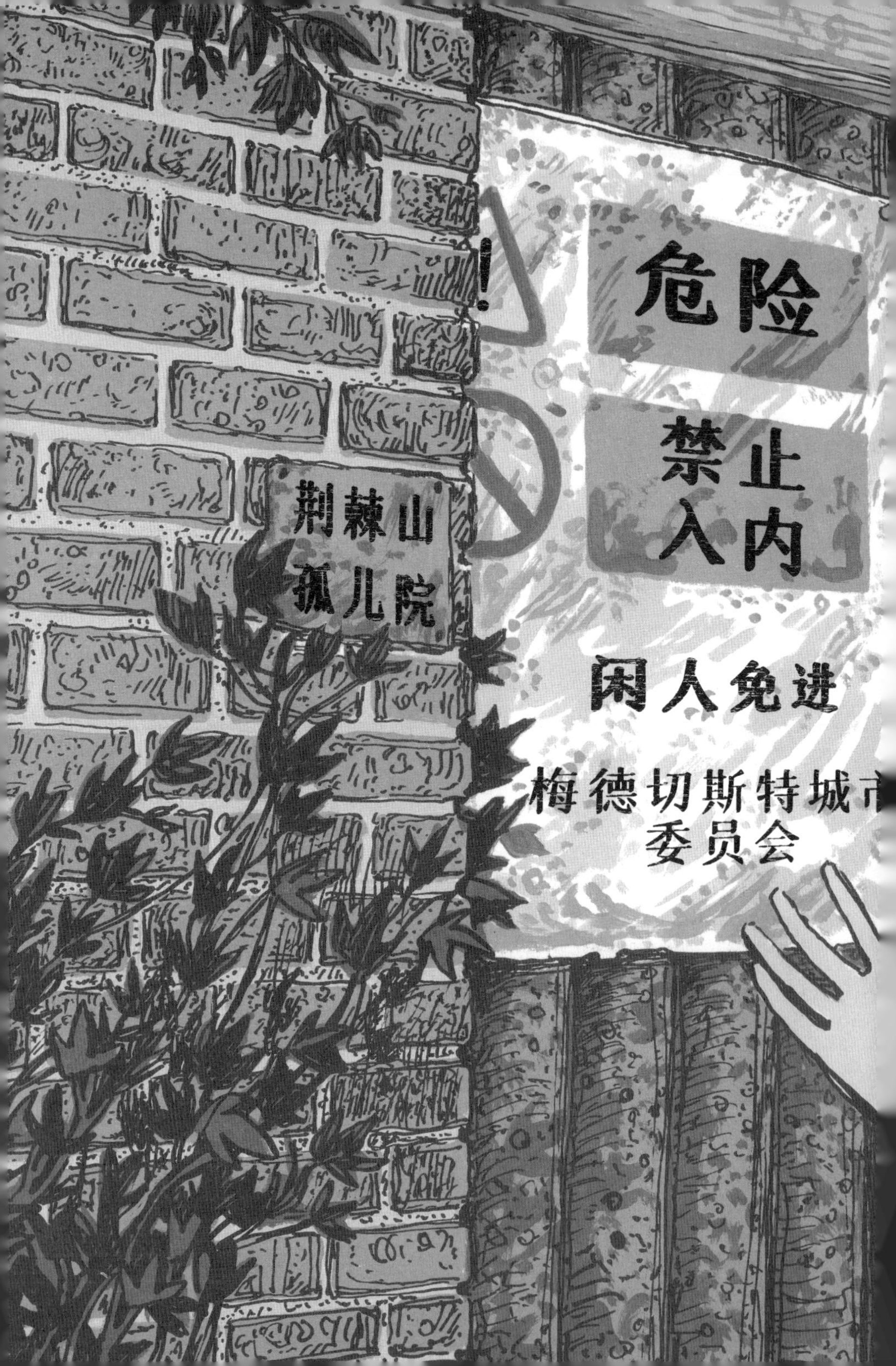
!
危险
禁止
入内
荆棘山
孤儿院
闲人免进
梅德切斯特城市
委员会

1982.2.26

也许是我想多了，我觉得今天早上我和简走进餐厅的时候大家似乎都沉默了。当她轻声用那种过于活泼，过于热情的口气和人聊天时，我感觉走在她身边简直像傻子似的。大家一定知道是她让我下来的。我觉得所有人的目光都注视着我们，一路穿过餐厅的桌子来到厨房门口的凯瑟琳面前。我一路低着头没有看任何人。我知道我的脸红得发烫，但全身仍感到恐惧和寒冷。她就在这房间里，我能感觉她正盯着我看。凯瑟琳对我笑着眨了眨眼，就像我用颤抖的手往餐盘里装面包时那样。

简开始和坐在另一桌的其他女孩们说话，于是我溜到了一张空桌旁坐下，尽量装作全神贯注地往面包上抹黄油的样子。

我知道是谁在我对面坐下了。

"你好啊，玛丽。"她说，"见到你真高兴。"

她说起话来，声音大到好像她希望所有人都能听见似的。她说被送回到这里是多么难受，说她不得不开始考虑自己的行为是否得体，还说她想翻开新的人生篇章。她想知道我能不能为了过去发生的不愉快原谅她，我们现在能不能成为朋友？

她的"演讲"结束后，餐厅里鸦雀无声。所有人都听着，看着，等着看我做何反应。我意识到屋里唯一的声响就是我双手颤抖时刀叉碰到盘子上发出的咔嗒声。我放下餐具，希望没人注意到这声音。

简匆忙走来，打破了沉默。

"谢谢姑娘们，一想到我们所有人都能在这儿好好相处，真是太好了。"说完便匆匆离开了餐厅。

她稳稳地把椅子往后拉了拉，站了起来。

"这次我是认真的，玛丽。"她说着跟在简身后离开了房间。

坐在其他桌的女孩儿们也成群结队地离开了，我看着她们所有人走出去，直到只剩我一个人坐在餐厅。不对，是我和凯瑟琳——她在厨房门口目睹了整场"表演"。

她摇了摇头，发出了"啧啧"的感叹。

"我知道不该这么说，但如果是我，我是不会相信她的。"我把空桌上的盘子递给她时她嘟囔道，"她带着甜美的微笑，睫毛忽闪，其他人像围绕着公主似的对她众星捧月，但那副甜美的笑脸在我这儿行不通。她每次都会被送回这里是有原因的，不然为什么没人愿意收养她呢？"

我一定没控制好表情，因为她马上加了一句："我知道你目前还没找到领养家庭，玛丽。但你俩情况不一样。人们只是对你的沉默感到不适应，仅此而已。总有一天会有一个特别的人不会期待你总能叽叽喳喳个不停，你会拥有一个合适的家，比这座年久失修的老房子好多了。"

她揉乱了我的头发。

"你该上学去了，来，拿着这个。"她递给我一小包姜汁饼干。

我离开餐厅时她大声说道："照顾好自己，玛丽。"

1982.3.1

　　今天的情况比我预想的好。简把我带下楼的时候所有人都聚成一团在大门外等待着。我能感觉到她也在这儿。但她什么都没说，我们慢慢向学校走去。一路上我的心都在狂跳，脖子后边的汗毛都立起来了。不过能和其他人一起去学校也挺好的。我一直晃荡在队伍的后半段，这样就不用靠近她了。她们不怎么直接和我说话，不过还是会和我一起走，我能听到她们互相聊起喜欢的乐队，班里的男孩儿和电视节目。

　　不用整天独处挺好的。

　　有几个人放学后也和我一起走回家了。我一进门就直奔自己的房间，而她们则吵吵闹闹地拥进看电视的房间。但这样也不错，事情并没有我想象的糟。

　　今天早上和昨天差不多，荆棘山的女孩儿们排成吵闹的队伍向学校走去。

　　我不确定现在到底是什么情况。

　　自从她回来，我就确信她又要卷土重来，像原来那样找碴儿。她一定会继续折磨我的。但现在我有点儿动摇了，她除了依然那么吵吵闹闹，我行我素，好像对我没什么兴趣。

　　难道她真的想重新开始了吗？

　　难道简是对的，我们应该试着好好相处？

1982.3.8

今天上学她和我走在一起，其他人还是一路聊着天，但她放慢了脚步，以我的速度走着。她问我最近过得怎么样。我一直看着地面，没有抬头回答她。可她还是继续说了下去，讲了讲上一个寄养家庭是什么样子的。刚开始我又紧张又害怕，但是我发现她越说我越好奇。

她的话让我意识到，她其实像我一样渴望能有个归宿。

1982.3.11

　　我今天没有整晚窝在房间里，而是和其他女孩一起凑在电视机前看了"流行音乐之巅"①。简坐在房间的后边，我也靠后坐着。看着姑娘们最喜欢的乐队在倒计时的巨幕上闪烁时她们朝着电视机屏幕大喊着。当他们开始演唱排名第一的单曲时，姑娘们都起身在屋里跳起了舞，随着身着吊带背心在台上表演的歌手唱了起来。

　　我和简坐着，看着所有人。她嘟囔着说这首歌很老了，她父母从前也听过。然后她说礼拜六来看电视是最好的，大家都爱看《豪门恩怨》②，她希望我也能加入进来。我看着其他女孩互相咯咯笑着，在房间里又叫又跳的样子，决定接受她的邀请。

---

① Top of the Pops 是英国 BBC 播出的一档现场直播的流行音乐节目。节目播出于 1964 年 1 月 1 日至 2006 年 7 月 30 日期间。

② 《豪门恩怨》（Dallas）是美国 CBS 在 1978—1991 年播出的一部反映石油富豪家族命运的连续剧。

1982.3.13

已经很晚了，我躺在床上写下这篇日记，想着这一周发生的翻天覆地的变化。

我在这里生活了这么多年，从没想过能过上这样的一周。我觉得自己是这里的一分子，是正常生活的一分子，好吧，是像荆棘山这种地方标准上的"正常"。

难道对我来说，一切终于发生转机了吗？

和大家一起去学校的感觉真是太不一样了，我被笑声和聊天声围绕着。现在我能听懂她们讲的笑话了，也知道她们为什么会开对方的玩笑，甚至学会了如何面对这种戏弄。我喜欢被一群人叽叽喳喳的包围，好像有好多小故事"嗖嗖"地飞来飞去——幻想着偶像组合和男朋友，讨论着眼线笔、鞋子和老师。我不用非得加入对话，但仍感到自己是其中的一员，只是在边上看着听着，但很高兴被接纳进来。

甚至在学校里情况也有了变化。我能听懂她们在聊些什么，因为我也看了些相同的电视节目，礼拜一她们会聊起《豪门恩怨》。我终于知道了苏·艾伦 [1] 是谁，小杰·尤鹰 [2] 又为什么那么招人讨厌。

我在想，她们接纳了我是不是因为她接纳我了。这太奇怪了，因为在她回来之前，她们都表现得像我不存在一样——就好像只因我生性沉默就不算个人。但现在她们带着我聊天，在我周围说说笑笑。就连她也来跟我搭过几次话。

我觉得自己融入了这个团体。

我还记得之前我有多么害怕，我知道她是什么样的人——或者说她曾经是什么样的人。

---

[1] 原文 Sue Ellen Ewing：《豪门恩怨》中小杰·尤鹰的妻子。

[2] 原文 J. R. Ewing：《豪门恩怨》中尤鹰家族次子。

祝你好运
艾拉!

我不敢相信发生了这种事。

我不敢相信我竟然这么傻。

昨天下午她来找我说苏菲下周就要去新的寄养家庭了，她们晚上打算办个月光野餐会为她庆祝一下，她希望我也一起去。她告诉我像过去那样的日子一去不返了，她们不会再想着把我排除在这样的活动之外，现在我是她们中的一员。

晚上我离开了房间，蹑手蹑脚地下到她们那层，窗外的风透过烟囱筒呼啸而过，给整场冒险蒙上了戏剧化的色彩。我太兴奋了。当我们偷偷溜下主楼梯，经过简的房门时，她们带着微笑接纳了我，咧嘴笑着冲我眨着眼睛。

直到我们走到餐厅门口时我才意识到，我从没想过该从哪儿弄来野餐的食物。

她站在食品间的门口。

她用胳膊环着我说:"这是专门给咱俩准备的特殊待遇,玛丽,只有你和我。"

她打开屋门,我们走下低平的台阶,进入了橱柜似的房间。里边摆满了罐头、食品袋和其他瓶瓶罐罐。她指了指架子顶层小窗户旁的一个瓶子。

"那是凯瑟琳做饭用的雪莉酒,"她笑着说,"来吧,帮我们个忙!"

我双手交叉托着她,她试着用脚勾住我的手站起来,可试了几次都没成功,甚至都没能靠近那个架子。

"玛丽你等一下,我去找个椅子来。"

我站在那儿等着她回来,注意到有一群蚂蚁沿着踢脚线爬过。我等她的时候一直心不在焉地看着它们。

其他人都跟着她一起回来了,她把椅子搬进来的时候她们都聚在门口。

"如果我们站在椅背上面应该能够得到。你上吧玛丽,你比我瘦。我帮你扶着椅子。"

她给了我一个灿烂的笑容。

我站到了椅子上,一只脚踩在椅背上。大家鸦雀无声,所有人都注视着我。一种刺痛的不安袭上我的心头。

"继续啊玛丽,爬上去。"她边按着椅子边说。

我伸手够住最高的架子，然后另一只脚也踩到了椅背上。我的手心出了汗，整个人都在发抖。我回头看向她们所有人。

　　"天啊，你还真是个傻子！"她说。

　　然后她松了手。

　　哗啦一声，我猛地摔向地面。罐子也都掉到地上，在我周围摔成一堆碎片。一阵哄堂大笑之后，椅子被拉了出去。她们关上了食品间的灯，砰的一声带上门跑回厨房去了。

　　我躺在黑暗中听着她们刺耳的笑声。

　　我撞到了头，脸颊也在流血。我试着坐起来，却感到锋利的玻璃碎片割伤了我的双手和脚后跟。我看不见我坐在什么东西上，但它又黏又冷，而且有很大一片。

　　"你不会真以为我们能和你当朋友吧？"她从门后说。

　　其他女孩的声音渐渐消失了。

　　我感到有只蚂蚁从我手指间爬过。

　　另一只爬过我的脚踝。

　　"你不会真以为我能和你当朋友吧？看看你自己吧，真是一团糟！"

　　她不用看就知道我现在的样子了。

她是对的。

我简直是太糟了。

"你也不照照镜子，玛丽。谁会想收养你呢？"

厨房的灯熄灭了，食品间门缝下那道细细的银光也随之消失。只剩架子旁的那扇高窗中透出一道诡异的月光。

事情开始朝我预料的那样发展了。

她开始用力地敲门。

砰砰！

砰砰！

砰砰！

砰砰！

砰砰！

砰砰！

砰砰！

砰砰！

那噪音充斥着我的脑海。

砰砰!
砰砰!

砰砰!
砰砰!

黑夜慢慢膨胀,在我周围震动。

砰砰!
砰砰!

砰砰!
砰砰!

砰砰!
砰砰!

在这黑暗中，恐惧将我吞噬。

凯瑟琳今天早上找到了我。

果酱撒在我的头发里。

我的脸颊青肿，还流着血。

我穿着睡衣坐在一摊果酱、蜂蜜和自己小便的混合物里，手和脚都被玻璃碎片划伤了。

她赶紧进来，跪在那摊脏东西里抱住我，抚摸我黏糊糊的头发。她告诉我会没事的。

但我知道不会了。

我知道这件事只是个开始。

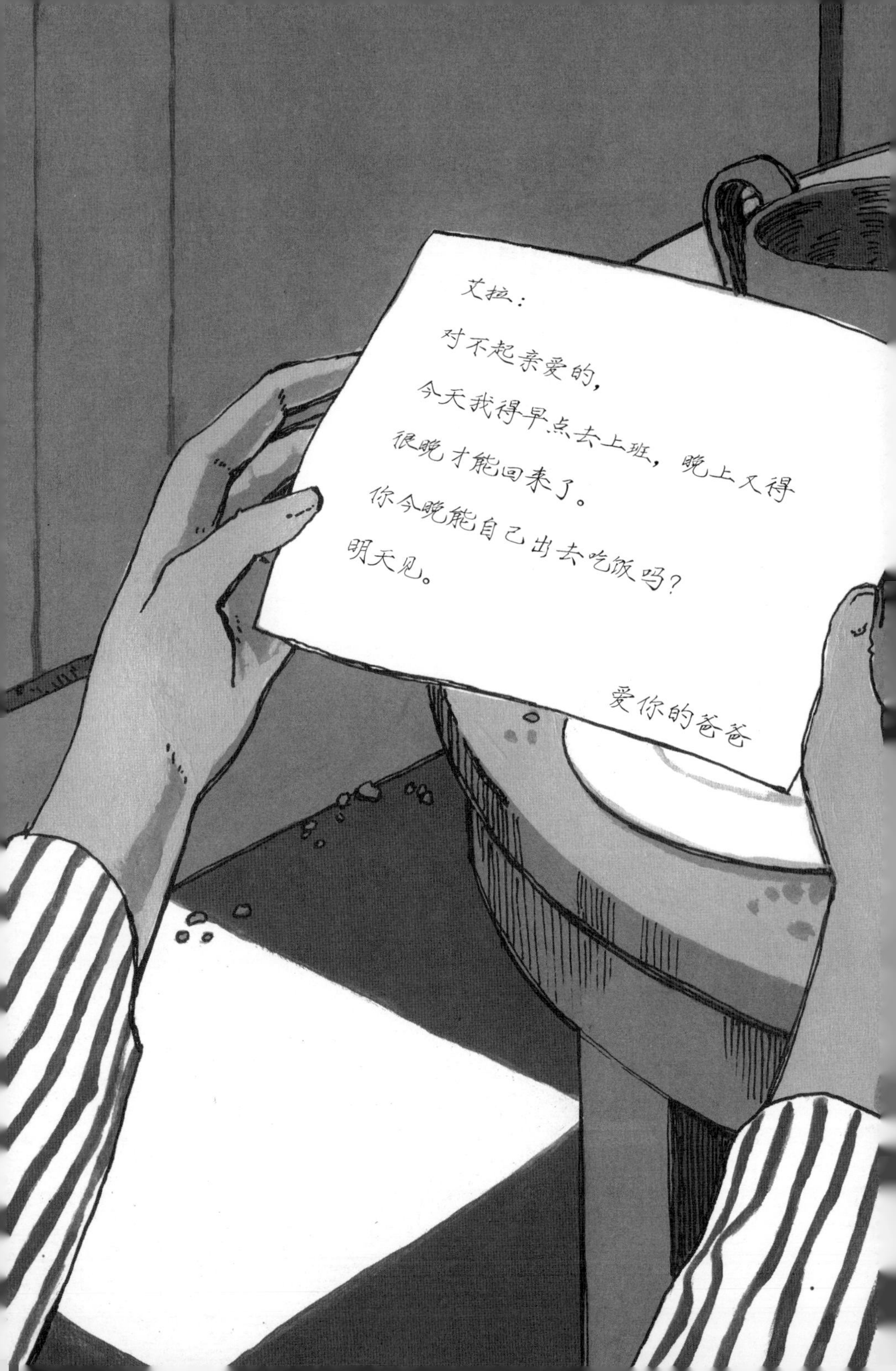
艾拉：
对不起亲爱的，
今天我得早点去上班，晚上又得
很晚才能回来了。
你今晚能自己出去吃饭吗？
明天见。
爱你的爸爸

我这些天一直躺在床上。

我不能去学校。

我不想见任何人。

我甚至连书都看不进去了。

我就一直裹着毯子坐在这儿看着窗外飘过的云。我的手不停地颤抖，脑子里一遍又一遍地回想着这一切。我早该料到的呀，我真傻。

光是憋住眼泪都会让我感到疼痛，我不会让她把我弄哭的，永远都不会。但我还是想哭，我想在对人诉说当时我有多害怕的时候，让眼泪就这么顺着脸颊流下来。我希望有人能理解我心里觉得多窝囊。我想哭出我的失望，她们真的只是在假装喜欢我。

可是我没有，我只是静静地坐着，看着窗外的鸟和云。

我手上和脚上的伤口正在愈合，所有能证明这件事发生了的表象都在渐渐消失。

但我的心已经碎了。

当然，从那天起，看护又开始在晚上查寝了，就像她最后一次离开前那样。

她会等到夜深人静了再爬上楼来。

等所有人都睡着了，她会站在我门外又刮又划，砰砰敲门。

砰砰！

砰砰！

砰砰！

在一片黑暗中，这声音在我听来大得可怕。但我楼下的那道厚重的防火门却保护着房子里的其他房间不受打扰。

晚上我几乎睡不着，白天就坐在这里发抖。砰砰的敲门声在我脑子里回响。

1982.4.30

我的生活就是一场噩梦

事情朝我预料的方向发展了。

我才回到学校一个星期，她们就把我的生活搞得像地狱一样糟。

我的生活充满了辱骂、戏弄和恶作剧。

她一到晚上就阴魂不散。

我不信任任何一个人。

焦虑又神经质。

紧张不安。

坐立难安。

今天她们玩的是用胳膊肘撞人的老把戏。我拿着盛满热腾腾的肉糜、卷心菜和一杯水的托盘。这时她的一个跟班过来挤我，撞到了我的胳膊，托盘也打翻在地。我的目光穿过房间直看向她，正好看到她对着罪魁祸首朱莉点头示意，当所有人都在窃笑时，朱莉用夸张的语气向我道歉。

肉汁撒到了我的裙子上，鞋子也溅上了肉糜，水在我脚下汇成了一摊。

"玛丽，你是不是又把自己弄湿了？"有个人问。

我帮凯瑟琳把地上打扫干净了。

问题是她现在为了不被抓到，行事非常小心。当坏事发生时，她绝对不在我周围。但我知道就是她指使的。

这礼拜头几天我们上了体育课，她把我工具包里的运动鞋调包了。那不是我的运动鞋——因为太小了。我勉强穿上（如常的窃笑声从长凳的另一边传来），然后一瘸一拐地走向了曲棍球场。即便如此，即使在格林老师的眼皮底下，她们依旧把我当成目标——在每次截球的时候，她们瞄准的从来不是球，而是我的脚腕。球不停歇地飞来飞去，接球的女孩们快速地在球场中穿梭，用手中的曲棍球棍抽打我的小腿和脚腕。甚至，在她们把我撞倒后，快速地围上来，假装关心地叽叽咕咕乱叫。格林老师只是吹哨警告，比赛继续进行。她们笑着跑回场地，把我一个人留在泥泞的球场上。我感觉这场比赛永远也打不完似的。

回到更衣室后，我等她们都洗完澡出来了，才独自进了浴室。这时小腿上已经显出了瘀青。我站在温暖的水流下，完全没注意到有人把冷水阀关掉了，于是滚烫的热水冲到了我身上。我知道是她。为了不被烫伤，我光着身子跑了出去，更多的窃笑声响起，我挂在浴室外的浴巾掉在了地上，湿透了。不过至少当我回到更衣室的时候，我自己的运动鞋被放回了我放包的长凳上。

这只是一节体育课而已，而我整个星期都是这么过的。

我不知道她安排人在食堂所有的水壶里都放了盐——除了我，其他人都知道。

我不知道她是怎么拿到我的历史作业本的，她在我的作业上写满了"戴维斯老师就是头肥牛"，两次害我在午饭时被留堂。

我不知道她是什么时候溜进美术教室的，她小心翼翼地把我做的雕塑的头和手臂切下来。那切口用刀切得整齐利落——她甚至懒得把现场伪装得像是有人不小心打翻了雕塑。

甚至是今天，我回来换衣服，开门的时候门把手掉在了我手里。她到底是怎么做到的？简和皮特花了好长时间才把门修好，我就只能站在旁边像个傻子似的看着。肉汁在我裙子上晾干结成了块。我知道是她干的，我只是没有证据。

当然，我现在在自己安全的房间里写下这篇日记的时候心里就知道，今晚当整栋房子都在安静中入睡的时候，她又会回到这儿，又刮又拍，把我的门弄得哐哐响。我知道我会躺在床上，缩成一团瑟瑟发抖。

在《秘密花园》里，当玛丽小姐在晚上听到噪音时，她勇敢地去探索了那栋吓人的老房子。但我没那么勇敢，我不敢打开门面对她。我知道那扇门会把我们相隔两边，但虽然我们之间有这道屏障，她还是有办法让恐惧渗进我的骨头缝里，在我的脑子里跳动，我简直无法用语言形容那样的恐惧。

我可以忍受在白天被她折磨，但夜晚时的恐惧是难以忍受的。

1982.5.1

今天又有几个人离开了。女孩儿中比较安静的几个，如果不是她们也害怕她的话，应该也挺好相处的。珍妮和凯伦要去隔壁郡的新家，特蕾西要去一所豪华的寄宿学校。在我还没从食品间发生的意外里恢复过来的时候，苏菲就离开了。

我们的人数越来越少，荆棘山显得更大，更冷清了，甚至看起来比过去更不友好了，如果还有变差的余地的话。

1982.5.3

今天大体还过得去，至少我找到了她们藏我书包的地方。

历史课上，戴维斯老师正在批改作业，她平静地把我叫到她桌边，她问我为什么我的作业都被不知道是什么的黄色黏液黏在一起了。她不想说出"鼻涕"这个词，但当我隔着桌子看着作业本的时候，这个词出现在了我脑海里。她们到底是怎么做到的？如果这真是鼻涕的话，她们从哪儿弄来了这么多？戴维斯老师继续说着我该如何爱护我的东西，注意我的外表，但她说到一半就打住了。

"玛丽，你还好吗？你看起来像是几个星期都没睡觉似的，你的脸色很苍白，眼圈也比平时更黑了——你看起来太糟了……"然后，我想她意识到自己听起来有点儿不礼貌，于是变得慌张起来。再然后有人往黑板上扔了块橡皮，她就分心了。

我拿起我的作业，试着小心地把纸张揭开。

我看到戴维斯老师上课时瞥了我几眼，像是被什么东西给搞糊涂了，像是她怀疑哪里不对劲，但是她说不上来。我知道她不会深究这件事儿。不管在学校还是荆棘山，我

171

周围都是成年人，但没人能真正看到发生了什么。她们不想知道，我不明白这是为什么。到底是什么让一个大人不能坐下来认真地问一句"你过得怎么样？"或者"一切还好吗？"我猜他们也许害怕知道真相，然后他们就不得不掺和进来，为此做些什么。或者他们根本就想不到会发生这样的不愉快，这样肮脏的事儿。又或者他们不愿去想这样的遭遇会发生在他们认识的人身上。

祝你好运
艾拉！

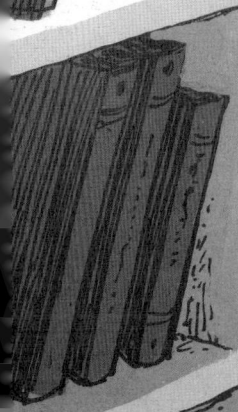

禁止
入内

1982.5.4

今天早上我决定要多出去走走。很显然不只是下趟楼，而是到花园去。那里经过打理和修剪看起来更像是公园或豪宅里的花园，而不是普通人家里那种放着自行车、三轮车和球杆，晾衣绳上还挂着衣服的花园。这花园很可爱，但是有点儿不友好——我有点期待能看到"不要践踏草坪"的标志，但是那里没有，起码现在还没有。

我在这儿生活很多年了，但还没花时间探索过这里。重读《秘密花园》让我想四处看看。我没天真到以为在外边能交到新朋友，但我确实认为离她远点儿挺好的，能稍微透口气。整个晚上我都在外探险，我趁她们看《巴克·罗杰斯在 25 世纪》的时候偷偷溜了出去。离房子越远花园的景色越好，一旦走过了皮特停他那辆福特莲花 ① 的地方，风景就变得棒极了。刚过苹果园，我发现了一处被灌木丛环绕的可爱的地方，几乎是一个露天的房间。灌木被修剪得像堵墙，有一处被剪成拱形，还装上了一道木门。中间有个

---

① 福特莲花（Cortina）是一款由福特英国打造的家用车，从 1962 年一直生产至 1982 年。

基台，上边有一座小孩儿的雕像。这里太美了，既可爱又安静。在这道绿围墙里，我看不到荆棘山——自然他们也看不见我。

回去的路上，我在花园里碰见了简和皮特。他俩看到我先是很吃惊，然后有些脸红。看护们可以在一起吗？我不知道，不过我想这也不关我的事。

我一回去就直奔自己的房间。其他女孩则是忙着在彼此的房间串门，疯狂讨论着喜欢的乐队，夸张地放声大笑或者排练下午从录音机里录下的歌词。我经过一扇扇贴着杂志海报的门，穿过飘荡着甜腻发胶味道的空气回到了房间。没有一个人看见我进来或者出去，真高兴我又成了隐形人。

我找到了属于自己的秘密花园。

　　我今天过得很好。独自一人，但过得安静又平静。我一整天都待在花园里，我的花园。我把精力都集中在制作新人偶的身体上。我昨晚就把材料都准备好了放在托盘上：给黏土塑型的刮刀、固定用的针和放黏土块的密封盒。早上7点，我趁大家还没醒，偷偷溜到厨房，那会儿凯瑟琳刚脱下外套，系上围裙。她一定看见了我揣着酸奶和苹果跑下斜坡，走向那扇通向花园的木门，因为当我回去拿我制作人偶的材料时，她为我准备了一个裹着锡纸的培根三明治和一瓶茶。她像往常一样眨眨眼，把吃的放在托盘上，其他东西的旁边。

　　我无法形容在外面待着有多轻松，那感觉就像穿越了阴影，我离围墙越远，荆棘山带来的阴影和压力就蒸发得越多。我为她们谁也看不见我，听不见我的自由而感到激动，尽管我还在这片土地上。

　　我一整天都在我与世隔绝的花园里，躲开那座房子。我坐在雕像的基座上，把托盘里的工具都摆在石阶上。今天没什么阳光，但我也不觉得冷——我太专注于制作人偶的胳膊、手、上臂、大腿、小腿和脚了。我要做出《秘密花园》里的科林和迪肯来陪着"玛丽小姐"。当我设计所有部位的造型和尺寸时，我清楚地知道我想把它做成什么样。只要我集中注意力，我的指尖中会创造出怎样的成果。

打开凯瑟琳做的培根三明治真是种享受。我坐在雕像下，吃着三明治，周围都是小小的黏土做的身体部位，听着鸟鸣和某处隐约的车流声，就像在我的房间里一样感到安全、平静和快乐。

我回到房间写下这篇日记，窗外一片漆黑，我床头柜上放着一排"胳膊"和"腿"。我知道晚上肯定又会被打搅，我知道她一定会来。但我能闻到留在皮肤上的清新空气的味道，不知怎么，我感觉生活更有计划，我也更能感受到自我了。

我明天还能到花园去。

1982.5.9

今天我带着装有人偶部件的托盘下楼时，凯瑟琳已经帮我准备好了一瓶茶和培根三明治。我喜欢凯瑟琳，她心地善良还从不大惊小怪的。

外面阳光和煦，鸟儿鸣唱，我走在碎石车道上，每一步都感觉自己更强大也更开心了。当我向花园深处走去时，音乐声和厨房传来的陶器碰撞声渐渐消失了。我穿过果园，来到工具棚后边，从拱门下进入被灌木环绕的花园。我安静又有条不紊地制作着，把几缕绣线粘到迪肯头上做他的头发。我的手指沾到胶水感觉凉凉的，但我能感到阳光照在我的脖子和后背上。一只松鼠穿过草地，朝我坐着的雕塑跑来，这真是太有趣了——就好像我跟迪肯一样，这些动物都想要接近我。

今天在外边让我觉得被她们嘲笑和捉弄的尴尬消失了，在户外，我想不出比害怕砸门声更蠢的事儿了。我一边吃着三明治，一边想着我屁股底下坐着的雕像有多奇怪。这是一个穿着长裙的小孩儿，像个没有翅膀的天使。她双手捧成杯状，伸向前方，像是在要什么东西，或者等着接住什么东西。几乎是在乞讨似的。她真奇怪，不过我喜欢她。我可能会考虑给她些珍贵的东西。

　　自打天色擦黑，我就一直待在楼上的房间里。我要接着给迪肯设计衣服了。

1982.5.10

我今天一放学就匆匆去往了花园，我需要离荆棘山所有人远一点儿。

我写作业了！写完了！但当我要从包里把它拿出来的时候，它不见了。

戴维斯老师生气极了。显然，她几周前对我的担心都消失了。她让我站在教室前头解释作业去哪儿了。但我当然解释不了。第一，因为我站在教室里，她和所有老师都知道，我在其他人面前根本说不出话来。第二，因为我根本不知道它去哪儿了。我记得今早把它放进书包里了。一定有个人——她们中的一个，把它拿走了。

当我站在那儿的时候能听到班上其他人在窃笑，我的脸颊发烫，但我没有哭。我永远不会让她们以为她们整到我了。我就站在那里想起了简·爱，想到她在学校受到的羞辱。我试着让戴维斯老师指责我是"粗心大意"和"不为自己的行为负责"，来洗刷我的嫌疑。

科学课上没人愿意和我一组做实验，所以我不得不和布雷斯威特老师一组。吃午饭时我独自坐着，但她们中还是有个人设法从我桌旁经过，把橙汁倒进了我的炖菜里。

放学回家的路上，我一直低着头，可还是听见有人说着"玛丽，你的作业哪儿去了？"和"隐形作业神秘事件！"她们觉得自己挺幽默的，但她们没有，这一点儿也不好笑。

所以我一回家就立马跑进了花园里，坐在"乞求女孩"的下边。听着鸟叫声、树叶的沙沙声和遥远的车流声，一直等到我心情平复了才回去。我错过了晚饭，但当我回到房间时，发现门外放着一个锡纸包好的三明治和一瓶茶。

1982.5.15

秘密花园？可笑！真不敢相信我竟然以为在这个房间之外还能有属于我的某样东西及某个地方。

一开始我没有注意到她们，我太专注于我正在做的事儿了。直到附近有东西弹过来我才意识到有人从篱笆那边向我扔了个又小又硬的苹果。刚开始它们落在我附近，然后有一个砸中了我的头，另一个落在了迪肯的脑袋上。它们又多又快，在我周围雨珠似的倾盆落下。

被扔东西。

可悲。

安静不复存在。我试着把托盘里的东西收拾好，好像无论如何我都得收拾好，但我浑身发抖，脸上发烫。一个苹果飞来打疼了我的手背，另一个打中了我的脖子。我把托盘里的东西收好往回走，我没理会她们，来到拱门下又朝屋里走去。她们在我身后大喊：

"怪胎！"

"我们也能玩娃娃吗？玛丽。"

"玛丽和她的娃娃说话！我们听见了！"

"怪人！"

我跑起来，托盘抖动着。迪肯的头掉了，但我没有停下来拣。当我回到房间时，托盘里只剩撒出来的清漆、没用过的黏土和一些小苹果。

我很生气，因为我的秘密基地被人发现了。我像往常一样被羞辱，但更主要的是，我好难过。我为把其中一个人偶丢在外面了而感到伤心。我知道这样很傻，可我感觉像是抛弃了一个朋友。可怜的迪肯！我做人偶的时候跟他说话了吗？我不知道，当我制作人偶时，我仿佛置身另一个地方，成了另一个人。有它们在屋里围绕着我，让我感觉不那么孤单了。我不知道这会不会让我变成怪人。她们叫我怪胎，就算我是怪胎我也不在乎，我在乎的是把迪肯留在了外边，他被抛弃又没人照顾。

明天一早我就要出去找他。

她们把花园抢走了，但抢不走我的房间。我依然拥有这里，有我的书，我的人偶，我日记里的字字句句。我可以用在这房间之外做不到的方式，在这几页纸上表达我的想法。我可以保护这些不受她们的伤害。这是我的地盘，她们都会被锁在外边。

现在我在床上举着手电筒写这篇日记。

现在是凌晨两点。

我能听到她上楼的脚步声。

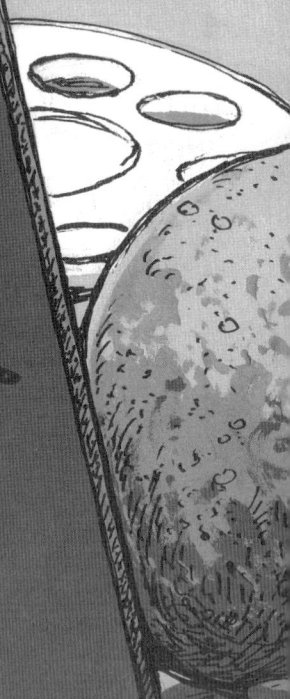

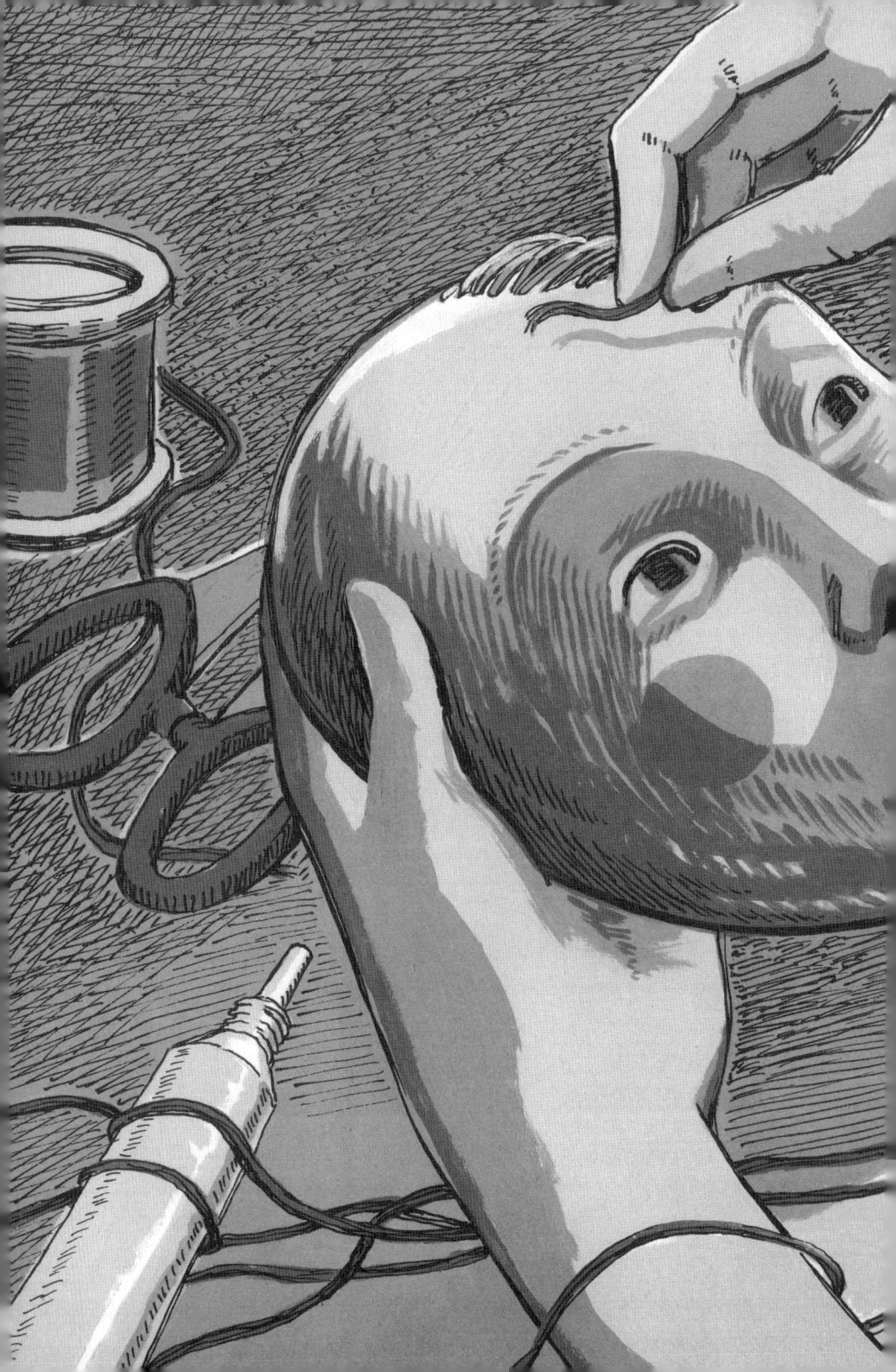

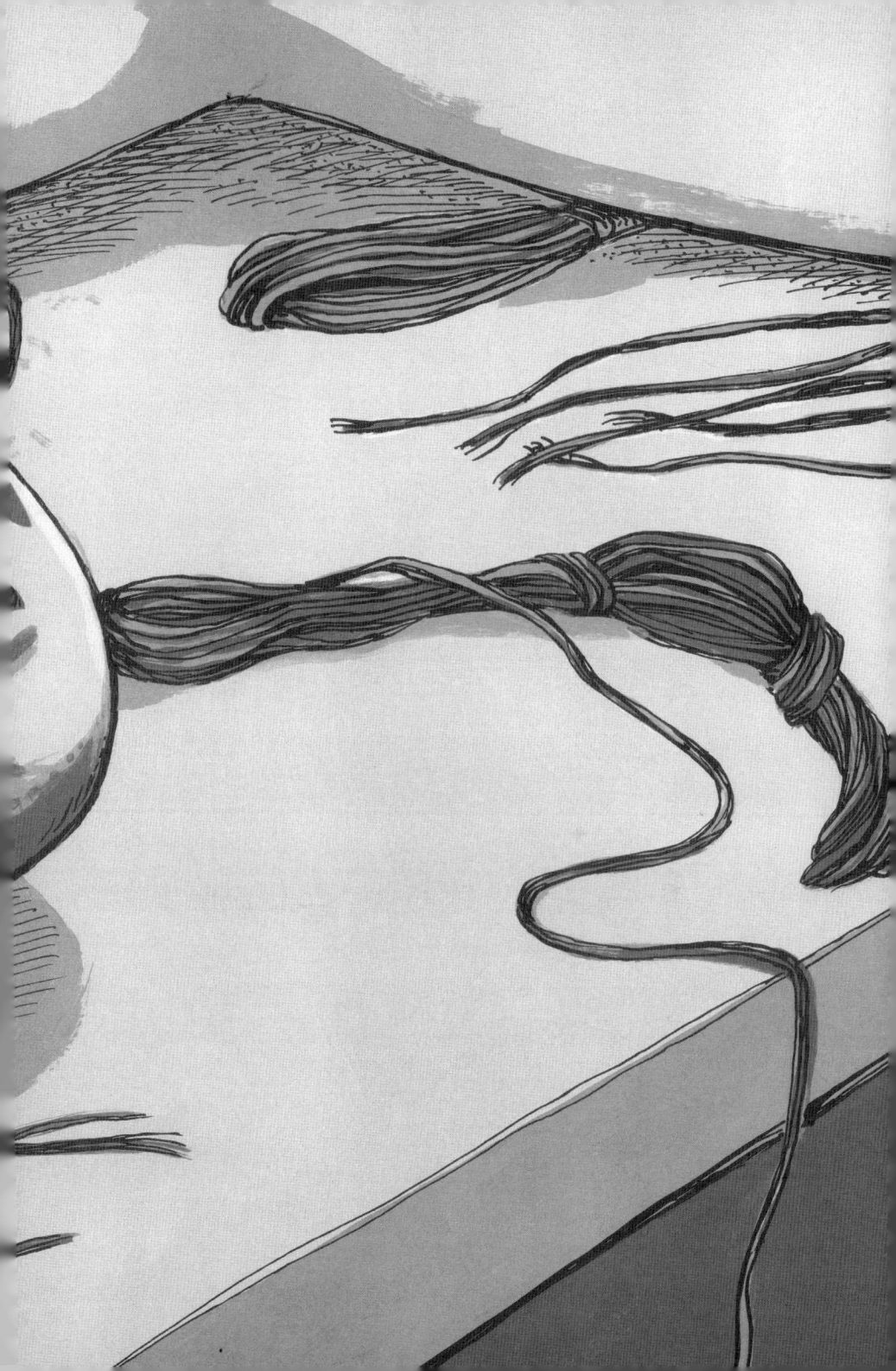

艾拉敬上

1982.6.3

　　荆棘山只剩我们六个人了。其实是她们五个和我。她还是有一群忠实的追随者。她们像群狼似的照样在房子里走来走去。

　　我本以为随着支持她的人越来越少，她的能量也会变少，但情况看起来恰恰相反——好像她恶心人的本事火力全开了。

　　白天倒没有什么问题需要应对，过去三天在学校的日子几乎是正常的。我猜是没有那么多手下来执行她的命令了，而且她非常狡猾不会被抓住。

　　但每个夜晚，她都会来到我门前。

1982.6.4

今天晚上我去厨房想向凯瑟琳要些面粉。一开始我没找着她，但香烟的味道很快把我引到了后门。

大家都喜欢在温暖的夜晚去那儿待着。她们坐在砖砌门廊的台阶上，一边抽烟一边把自己的名字刻在砖上，或者在一旁谈论男孩子。一百年来，成百上千对名字刻在红砖上。每个荆棘山的女孩都会把自己和最好的朋友的名字刻在砖上。我认识的所有人的名字都被刻在上面，唯独没有我的名字。

但今天待在后门廊的是凯瑟琳，她正在暮色中和简聊天。她俩都抽着烟，用马克杯喝酒。凯瑟琳做饭用的雪莉酒放在她们中间的台阶上。

她们没听到我过来，不知是洗碗机的声音太大还是我已经变成"蹑手蹑脚"方面的专家了？其实相比于听到她们的对话，我更希望她们能听见我说话。

"事情不对劲，简。你光是看着她就知道她根本没睡觉。她几乎吃不下什么东西，没人跟她说话。她看起来比原来还要虚弱。"

"我知道，但实话实说，凯瑟琳，如果你问我的话，我会说这是她自己的问题。选择性沉默是一方面——如果这真是一种病，而不是她自己选择不说话的话，这本来就让她显得很奇怪了，更别提她还把所有时间都用来做那些该死的娃娃。这就有点儿吓人了，她根本就没试着要融入大家。"

"就因为她有点儿与众不同，不代表她们就应该欺负她。"

"有点儿与众不同？！得了吧。凯瑟琳，她就是个怪人。你说她们在欺负她，但我们没有任何证据。她一直什么都不说，从来都不抱怨。如果她都不帮自己，我们怎么帮得了她？她只会满脸紧张、苦恼，悄无声息地走来走去。她从来都不笑，难怪没有家庭愿意收养她……就算拒绝说话还不是她最严重的问题，她也还是我们这儿最不讨喜的姑娘……"

我没有等凯瑟琳回答，当我离开厨房的时候听到了她们在咯咯地笑，更多的酒倒进了马克杯，还有瓷杯碰撞的声音。

我觉得胸口生疼，我喜欢简，信任她。我以为她是善良的，我以为她会懂。

我想我应该感谢凯瑟琳尽了力。

当我回到楼上，我站在窗前看着对面的房子，看普通人过着正常的生活，想知道简说的是不是对的。这都是我的错吗？一切都是我自找的吗？我就这么不讨人喜欢？这些念头在我脑中翻来覆去时，我看到灯光亮了起来，各家各户清理了花园，浇了花。他们把孩子哄上床，掖好被子，拉上窗帘。屋内的灯光投射出温暖的金色光芒。

　　没有家的日子不好过。但是连一个朋友也没有？这真是我的错吗？看来，即使是拿着工资的看护也不在乎我。

　　我不会为任何人的话和她们的所作所为而哭的。永远不会。但我心里难受。也许这就是心痛的感觉。

雕塑黏土

荆棘山计划再次搁置

愤怒：政府委员会缺乏决断力，本地居民与开发商愤慨难平

一位来自未来愿景建筑公司的发言人对荆棘山的开发再次陷入停带一事表达了他的不满。

"我们已经针对这个地点提出了强有力的修改方案，使之成为梅德切斯特重要的社区中心。我们已经考虑了委员会之前的顾虑，但事情并没有得到推进。

该项目不仅将提供居民急需的新房源，还将为当地俱乐部提供聚会空间，以及商业空间。"

指责。他说："无论从哪方面看，荆棘山都是梅德切斯特的重要地区。我们必须基于本地近年的历史情况来考虑如何开发这样一个敏感地带。在我们确信荆棘山对梅德切斯特的史贡献将经过深思熟整合之前，是不会发的。"

奇耻大辱

本地居民长表示："山地耻。

世纪30年代，是一所女子孤儿院。1982年孤儿院关闭后被出售用于开发。但在最后一位住在这里的孤儿玛丽·贝恩斯悲惨离世后，委员会决定暂缓开发此项目，直至对她死因的调查水落石出。金斯伯里的杜利·格伦西尔勋爵的谴责报告引发了对儿童保育服务的进一步调查和政府相关法案的修订。

时至今日，委员会仍无法决定如何开发这一地点。

买得起的房子，而那地方却空置了三十年。委员会应该为放任这所老房子变成如此危险、破旧的危楼而感到羞耻。它就像我们当地社区中心的一座悲伤的灯塔。"

来自梅根·斯通的报道。

尔顿
对荆棘
该感到羞
民迫切需要

往日悲剧
荆棘山收容所成立于19世

今天有人拿着写字板来了。

由于只剩下我们四个人了，一楼也只有几个房间还在用，所以二楼和三楼的房间都用木板封住了。所以在我和一楼的工作人员中间几乎没有人活动。明天工人将用木板封住一楼的空卧室。

没有了其他女孩儿们喋喋不休的声音，荆棘山变得更安静了。可从其他角度来说也变得更吵了，是回声。走廊上的脚步声似乎更响了。关门声听起来响得吓人。甚至连记录员之间的对话听起来都像是楼下传来的隆隆声。凯瑟琳没什么事情可做，大部分时间都花在抽烟和看杂志上。简则多数时候都待在皮特的房间里。好像现在我们没几个人了，规矩就不重要了。

今天我的鞋带不见了，可我还是穿了鞋，现在脚磨出了水泡。

1982.6.23

　　当我听到响声时，我正下到二楼的楼梯中间。凯瑟琳和简从房子后面走了过来，她们提高了嗓门。我从没听过凯瑟琳发脾气，当其他女孩闹得太过火时我听过简尖锐的叫喊声——但凯瑟琳没这样过。我在楼梯上停了下来，她们在我楼下一层的某个地方也停了下来。我看不见她们但能把一切听得清清楚楚。

　　"这不是我能决定的，凯瑟琳！这不是我的责任。社工，地方当局，他们说了算。这事和我没关系！"

　　凯瑟琳听起来很生气。

　　"这么做太差劲了，简！我从没想过你会是这种态度。你了解那些女孩儿，你在这儿工作很多年了，即使你没有证据，也一定在怀疑到底发生了什么吧。他们怎么能把她俩安置在一起呢？玛丽会怎么样？你就一点儿不在乎吗？"

　　"凯瑟琳——这不是我的工作！他们从来不会听从我的建议。这是钱和资源的问题——那些人才不在乎那两个女孩相处得好不好。这些决定都是上级做的。"

　　"我不是说这是你的工作。我说的是你作为一个关心这

265

些孩子的人来说，应该做些什么。看在上帝的份儿上，你他妈的是她的看护员啊！说些什么吧，为她说说话吧。提点儿反对的意见，还有谁能替她说话呢？"

"你这是狗拿耗子，凯瑟琳。你在说一些你根本不了解实情的事儿。"简已经开始大喊大叫。

"关心那个女孩儿并不是多管闲事。你知道如果玛丽跟那个小巫婆一起被送到那个该死的日出孤儿院她是不会幸福的。"

"真是够了，凯瑟琳！不管你以为她们做了什么都不该这么说这里的任何一个女孩儿，我跟你没什么可说的了。"

我看见凯瑟琳跺着脚穿过大厅，走出前门，把门砰的一声撞上了。

"听我说！"凯瑟琳叫道，"你怎么就不能听我一句呢？"

那声音在墙壁间回响，然后归于平静。凯瑟琳的脚步声慢慢地回到了屋后，一切都静了下来。

然后我看见了。

通往她房间的门虚掩着。我看着它慢慢合上，然后咔嗒一声关上了。

她也一直听着呢。

1982.6.24

简今天来了我的房间。她上次来还是四个月之前，她一开始就像上次那样说了"嗨"之类的话，但现在我知道这只是一个幌子。我背对着她，盯着窗外，望着停在树枝顶端上的鸟儿。

我永远也不会原谅她说的那些关于我的话，甚至仅仅是那样去想我。

她说我们需要谈谈。她问我是否愿意和她坐下来聊。我没搭理她。很长一段尴尬的沉默之后她说要告诉我荆棘山的变化。她说：

1. 明天瑞秋和汉娜将会被重新安置。

2. 到时只有我和她会住在荆棘山了。简和皮特会在这里照顾我们直到我们找到新家。

3. 我们都在日出孤儿院的候补名单上，但我们必须等待那里空出名额。那里有一对双胞胎正处于被领养的最后阶段，所以很快就能空出两个名额。也许要等一个月或者两个月，但是简认为我们可以在九月的新学期开始前搬到那儿去。很明显（她说）现在的情况并不理想，她知道我更愿意和别人一起被重新安置，但是她已经跟社工和委员会商量过了，这是目前他们唯一能提供的安置方法。

4. 凯瑟琳下周就要离开了。

5. 厨房和餐厅将会关闭，但他们已经在电视间准备了一台微波炉和一台冰箱给我们用。这段时间我们只能待在自己的房间、电视间、浴室和外面。在我们搬出去之前不会开始施工的，但在此期间可能会有测量人员、建筑商和委员会的人到这儿来。

6. 我们这些剩下的人必须一起努力，好好相处。

就这样，这证实了我所担心的一切。
我不想和她一起留在这里。
我不想让凯瑟琳走。
我不想离开我的房间。

他们真要把我和她一起送到日出孤儿院吗？一起？

难道他们不明白自己在做什么吗？他们是故意这么残忍还是根本不在乎？还是说这两者本来就是一回事？

1982.6.25

我给凯瑟琳写了张纸条，上面说道：

凯瑟琳：

我那天听到你和简说的话了，谢谢你试着帮我。

求你别走。

别离开荆棘山。

你不能要求他们让你留下来，直到我们都离开吗？
我讨厌这里的生活，你走了只会更糟。
你是我唯一的朋友，我无法忍受你不在这儿的日子。

玛丽

我把信放在她的围裙口袋里，挂在了厨房门后。

艾拉敬上

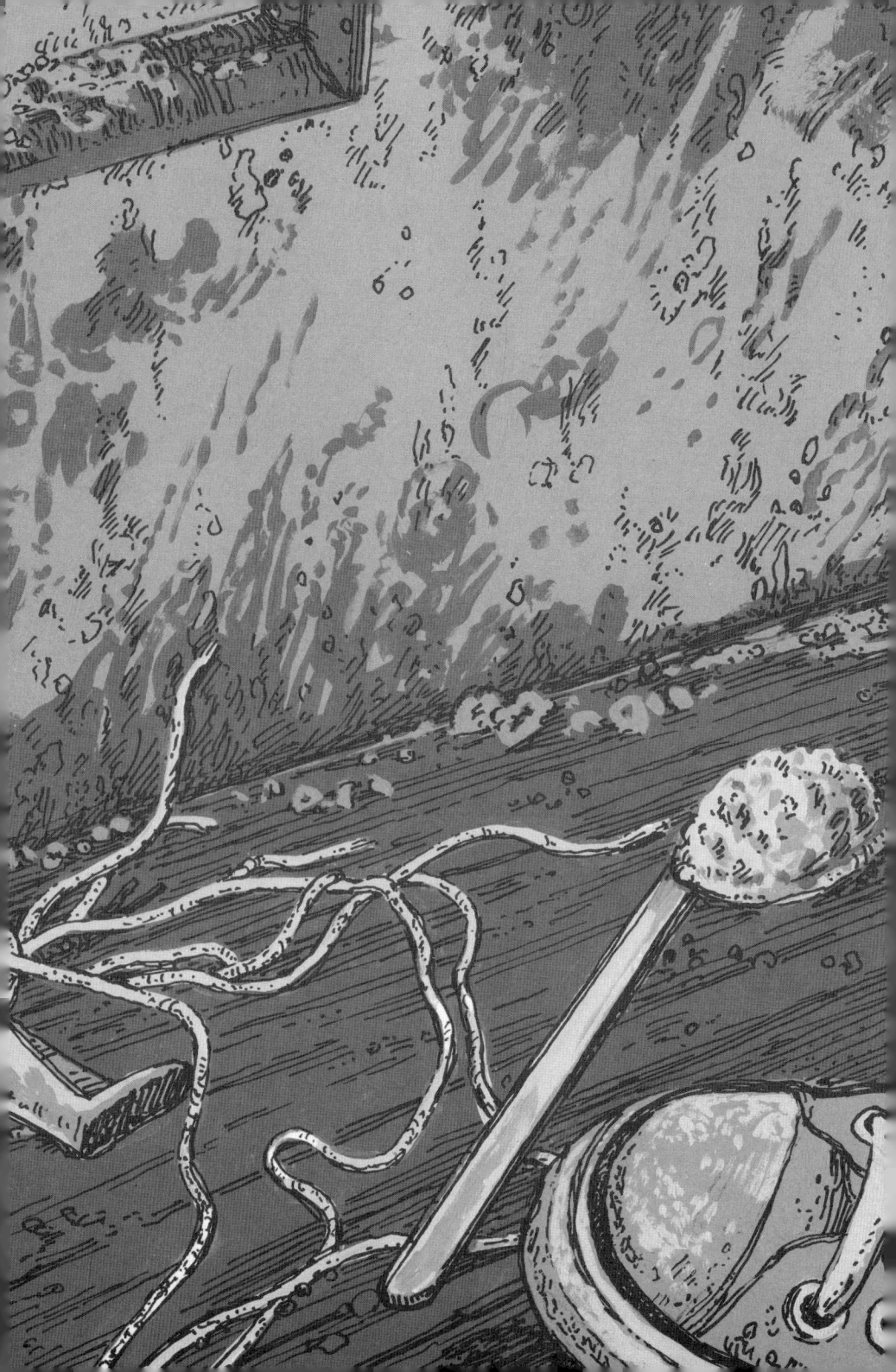

1982.6.28

今天我放学回来看到我门下放着一封信，信封正面画着一只毛茸茸的小鸡，信上说：

亲爱的玛丽：

　　谢谢你的留言，我很抱歉要离开你和荆棘山了。我已经在这儿工作了15年，这对我的生活是很大的改变——就像这对你来说也是很大的改变一样。我的丈夫弗兰克已经退休了，他为我们预订了邮轮旅行来庆祝。所以就算我想留下也要离开几个礼拜，我会给你寄明信片的。旅行结束后我们就要搬到海边去了，也许等你长大点儿了可以来看望我们。

　　离开前我会来告别的。

凯瑟琳

我好难过，所有的一切都在消逝。

1982.7.2

　　凯瑟琳昨天离开了，她走前到我的房间来跟我告别。这是她第一次来我房间，她说了些"天啊玛丽，你就是玩不够这些人偶吧"之类的话。然后惊讶地张着嘴四周环视着，"你一定得有四十？五十个人偶？不过你把它们摆放得挺好。你的房间也不错，整洁有序的，这正是我想看到的。"然后她说，"看来我能派上用场了。"她开始把手提袋里的东西倒在我的床上。

　　那些都是好东西，有面粉和用来搅拌纸浆糊的碗。她有一包又一包的白色橡皮泥、风干黏土、一些软木块和雕刻用的小工具。还有金属丝、细绳和钩子。好多我做人偶时用得上的东西。我不知道该说什么好，她给我带来了告别礼物。这些东西都不好看，但是她带来的每样东西都是完美的。她考虑得很周到。

　　我哭了起来。

　　我从来不哭，我答应过自己永远不会在他们面前哭泣。

　　但把我弄哭的并不是他们的恶意，而是善良，是凯瑟琳动人的善意。

然后她拥抱了我，一个真正的拥抱。我用双臂环住她，捂着她的围裙啜泣。她身上有烟味和洗衣粉的味道，这让我哭得更凶了。她还跟我说了别的，可是我只顾着哭没全听到。她叫我"有趣的小妞儿"，跟我说让我维护自己的利益，还说"没什么坎儿是过不去的"。她说她到了新家会写信给我，然后她就走了。

　　现在我哭得根本停不下来。

　　她晚上上来了，就站在门外听着我哭。她没出声，但我在门缝下看到了她的影子。她安静地等待着。

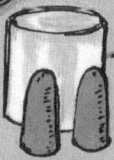

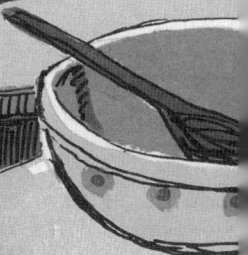

你经历了什么？

1982.7.10

今天医生来了，我听到他按了门铃，然后跟简解释道他必须得来看看我。还有人关心我的身心健康，而他想单独见我。

他非常有礼貌，问我能不能进屋，直到我对他点头示意才坐下来。他有一口柔和的苏格兰口音，和善的眼睛和浓密的灰色头发。他聊起了那些人偶，问我做的是谁，他猜出了一些，比如——杰基尔博士和海德医生[①]、简·爱和罗切斯特先生还有小吉赛尔和他的大狗派洛特。

还有一些他认不出来。他问我喜欢看什么书。他发现了《秘密花园》，并告诉我几年前他很喜欢给他女儿读这本书。我向他展示了玛丽小姐的人偶。他看到人偶咯咯地笑了起来，还说我把她的特点抓得恰到好处。他的声音有点儿像在吹口哨。他小心地把她放在枕头上，把她的头摆正，让她看着房间里的我们。

他人真好。

---

① 罗伯特·史蒂文森的经典小说《化身博士》中的主要人物。

316

他问我好不好，他说我的一个朋友去了他的诊疗室，并让他来看看我还好吗。他说，为了健康，每个人都必须照顾好自己的身体——好好吃饭，好好睡觉。他还告诉我，同样为了健康，我们还要照顾好自己的心理，如果有事情让我觉得焦虑或者困扰我应该告诉别人。他问我有没有什么想告诉他的。

我想说话。

我想全盘托出我对她的恐惧，因为现在只剩我和她了，所以我害怕得睡不着。

我想说在荆棘山我多害怕。

我想告诉他就算他们关掉了荆棘山，只要他们计划着把我们送到同一所孤儿院，这就永远永远不会结束。

我想告诉他，虽然我害怕和她在一起，但我还是不想离开。荆棘山是我的家。

但我不能。

我一个字也说不出来。

如果我说："她一点儿也不友好，会在半夜来敲我的门。"这在别人听来会怎么想？她不会打我，也不会碰我，我身上没有瘀伤。事实上，最近几晚她连门都没碰过。她只是静静地站在外面。

我听起来肯定又傻又孩子气。

他是不会相信我的。

我过去不能说。

现在也不能说。

我也不知道该从何说起。

我回头看着那位好心的老医生，低声说我很好。我刚改掉了睡不好觉的毛病。

他挤出了个微笑，但从他的眼神中能看出他不相信我。

他从夹克口袋里拿出了个小笔记本，然后从中拿出了一页纸。那是我给凯瑟琳写的留言。

"玛丽，你的朋友给了我这张纸条。这张便条看起来像是一个非常不快乐的人写的。你确定没什么可告诉我的吗？玛丽？"

我摇了摇头。

他叹了口气，把自己的名字和电话号码写在一张纸上。他说我可以随时给他打电话或者去诊所找他。他说如果我想找他聊聊他一定会抽出时间来见我的。他把那张纸留在我桌子上，还说我是个很有天赋的雕塑家，认识我真是太高兴了。

他走之前，我探出楼梯最上边的扶手听他和简说话。我听不全，不过我听到他说"非常关心她的心理健康"，还有"选择性缄默症是非常孤独的"。他说"会向社工反映"，还说"质疑荆棘山的关爱培养"。简把他送出去时，看起来不太高兴。

我今晚对他这次来访想了很多。我在想如果我告诉他真相他会怎么说。我觉得不敢跟他说实话真是太傻了。

但总的来说，我认为他的到访是好事，有两个原因：

第一，他说有个朋友为了我的事打电话给诊所，我知道了凯瑟琳虽然离开了，但还是惦记着我的；第二，我有了克林医生的电话。我八成永远也不会打给他，但是知道可以向某人求助是好事。

1982.7.12

凯瑟琳走后我们就不在一起吃饭了，我们都各自下楼去冰箱里拿吃的。我已经很久没吃到热的东西了。

她一直在楼下待着——大部分时候和简还有皮特一起待在电视间。虽然他们依旧是护工——工作就是来看护我们，但简和皮特似乎不再为任何事操心了。所有的规矩都废除了，让原本应该轮流照看我们的他们，却整天都待在一起谈情说爱、看电视，或者躲进皮特的房间里玩。

更糟糕的是，他们似乎把她当成朋友和同伴对待。有时我能听到他们三个一起聊天、开玩笑，然后笑起来。我甚至看到他们给她递烟。

我站在那里听着，站在楼梯上头看着他们，穿过护栏望着他们，看他们在哪里，在做什么。我等着看一路上是否安全，好让我下楼时不会碰到他们。如果他们都睡得很晚，或者电视间的门还开着，我就要等到他们都上床睡了才会出去。

早上是一天中最好的时候，我喜欢在五点下楼拿够早餐和晚餐的食物，那时候天刚蒙蒙亮，鸟儿开始歌唱。然后我回屋坐在窗前做人偶直到该去上学的时候。我可以一连几天都看不见他们中的任何一个人，我想他们也不会想念我的。

每次下楼我都蹑手蹑脚，感觉脖子上的汗毛都竖起来了。一想到要面对她，我的手就冒冷汗。

我一直期盼凯瑟琳写信来，我到现在还没得到她的消息。与此同时，我试着制作一个完整的人偶家庭。我依次做出他们的头，组建一个愿意接纳我的家。他们圆圆的脸上长着些雀斑，在我的想象中他们吵闹而善良——一个热闹、爱互相开玩笑、吵闹而快乐的家庭，他们不会介意我的安静。

她昨天晚上又上楼了，就静静地站在门外。我看见她的影子挡住了楼梯口那道银色的灯光。你肯定觉得她就安安静静的，也不敲门，我就可以入睡，可以休息，不去想她就站在门口的事实。其实我也想睡觉，我太累太累了，但我睡不着。我睁着眼躺在床上，等着她。她站在那儿的时候，我尽量一动不动地躺着，想看看我是否能听到她在门的那边的呼吸。看她到底要干吗。我知道门锁着，我是

安全的，可我的神经突突直跳。我尽量屏住呼吸，最终，
她溜走了。

昨晚很不寻常。

昨晚她上来站了很长时间。然后我听到她在另一边的门上移动着什么东西。那不是抓挠的声音——更像是刮擦声。然后她就走了。

今早起床我打开门。

起初，我什么也没看见。那里什么也没有。但我肯定我听到了什么。我用手摸了摸门漆的表面。我在看到之前先摸到了。那是个刻在光滑漆面上的字母"F"——虽然没深到把油漆划掉，但却足以留下灰色的划痕，只有在合适的光线下才能看到。真奇怪。她为什么要花那么大力气刻出一个字母？

昨晚又发生了同样的事儿，只不过这次她在"F"后边
刻了个字母"R"。

为什么？

她在干什么？

这是什么意思？

我花了一天时间组建我的"新家庭"。这组人偶中，我
最喜欢的是姐姐。我给她做了个黑色的波波头，直接从头
顶冒出来，一双黑色的丹凤眼，还有一些雀斑。我还想给
她做条围巾和一条牛仔裤。她很漂亮，我做她的时候想象
着她跟我愉快地聊天。

我把她做成了跟我完全不同的样子。

1982.7.17

今天早上是字母"I"。

她刻出了"FRI"。

　　"FRIE"，每晚都会多出一个字母。我睁眼躺着，等着那剐蹭我房门的声音。她在写什么？

　　我给我人偶家庭的姐姐缝了一条斑点图案的围巾。它盖住了她头部和身体的连接处。我想她一定会很好看的。

1982.7.19

昨晚她加了个字母"N"，我只能想到她要拼出"朋友"
(FRIEND) 这个词。不然还能是什么呢？

1982.7.20

　　我猜对了，今天早上我出门的时候，字母"D"已经在门上了。她在我门上写了"朋友"，她是想跟我交朋友吗？

　　我之前失败过，我听信了她的话——然而她让我觉得自己弱小又愚蠢。

　　她耍了我，伤害了我，那回忆挥之不去。

1982.7.21

我昨晚睡着了。一觉睡到大天亮！她没上楼，我门上也没有新的字了。

结束了吗？

昨晚也什么都没发生。没有声响，没有人过来。

我连睡了两晚。两夜不受打扰的、美妙的酣睡。

我觉得她不再找麻烦了。

我决定给她写个纸条。一整天我都在琢磨纸条里应该写什么。最后我写道：

朋友？

1982.7.23

我被搞糊涂了。昨晚发生的事让我开始怀疑我自以为知道的一切。

我写好了纸条，想把它塞进她门缝下，这样她早上起来就能看见。

我知道自己习惯了轻手轻脚地在这房子里走，但我想知道像她一样，晚上在这所又黑又空空荡荡的房子里鬼鬼祟祟地行动是什么感觉。我想知道当她爬上楼梯，站在我的屋外时是什么感觉。我想知道她为什么这么做。

我等到夜里两点，周围漆黑一片，伸手不见五指。我感觉非常清醒——兴奋得浑身发麻。这感觉很奇怪，好像全世界就剩我一个人了，而且没人能看见我，或者能阻止我要做的事情。就像荆棘山是属于我的，我感觉掌握着一切。

房子本身的感觉也十分不同，是那么那么的安静。月光洒在楼梯井上，我踮着脚尖走下楼梯。

但当我走近她的房门时，我听到了另一个声音。起初我不知道那是什么。那是一种低沉的喘息声。我站在那里，把耳朵贴在她的门上，屏住了呼吸，那是哭声。事实上是啜泣。那听起来多么孤独啊。

我站在那儿听着，起初，我被胜利的感觉冲昏了头，看看现在是谁不好受了！但我马上意识到这意味着什么，我为产生这种想法感到羞愧，为有人在夜里如此绝望地哭泣而我却幸灾乐祸而羞愧。

我就在一片黑暗中站在她的门外，听着她哭，就像她听我哭一样。

我把纸条塞进她的门缝里，然后悄悄溜走了。不过她一定是听到我在门口或者看到字条了，因为我刚走到二楼楼梯口回头看时，发现她的门开了，她就站在那儿，看起来一团糟。她的眼睛含着泪，又红又肿，头发乱蓬蓬的。她倚着门框哭着，手里紧紧攥着我的纸条。一时间，我认不出那个被大家簇拥追捧的、自信的、满面春光、眼睛炯炯有神的女孩儿。她站在门口，抬头盯着我，泪水顺着她的脸淌下来，她的肩膀因抽泣而颤抖。她看上去弱小，绝望又无助。

我低头看去，我们凝视着对方。可是我做不到过去找她，也无法安慰她。我转身继续走，好像什么都没看见，好像我不了解她所受的苦。当我走到那扇通向阁楼的防火门时，她的门咔嗒一声关上了。

　　现在我在舒适的房间里写下这篇日记，早晨的阳光透过窗户照进来，窗外鸟儿在歌唱。见到她的场景在我脑海中萦绕，那哭声也在我脑中挥之不去。

1982.7.24

那个看起来悲伤又孤独的女孩怎么会是那个曾经折磨过我的怪物呢。

到底怎么了？我不明白！昨天一天我都没看见她，我待在房间里，觉得伤心、困惑，心神不宁。

但和往常一样，我沉浸在制作新人偶的过程中。我缝制了一套衣服，我缝出小小的细密针脚，听着邻居家的孩子们在热浪中玩耍时发出的尖叫声、笑声或哭声。天气太热了，我的针不停从出汗的指尖滑落。当太阳落山，夜幕降临，把人从酷暑中解脱出来。我没有盖毯子，开着窗上了床。

然后我睡着了。不知何时，她又来了。一开始是刮擦、划门的声音，我以为她想刻出更多的字母。但是后来——像之前一样——她开始敲我的门。

一切一如往常。

砰砰！

砰砰！

砰砰！

但随后，一切变得更糟了，因为我从没听到过这种声音。对着门又重又猛地拍打，踢踹。就像她在拼命撞门一样，门剧烈地抖动着，好像木板和铰链都快挡不住她了。

我的头因为恐惧阵阵发紧——但是这——这实在太不寻常了。我发现自己抱着膝盖，蜷缩在床角，惊讶不已地盯着门口，等着看接下来会发生什么。

而接下来的事情更出乎意料。她开始哭泣，叫喊，尖叫。一开始我因为"砰砰"的撞击声听不清她在喊什么，可我听到了一些奇怪的词——像平常的有"怪胎""怪人"什么的，但也有像"朋友"这样的话，还有一次，我想她喊了"绝望"但我不能确定。

这次一定是她吵得太凶了，简和皮特跑上楼来，我听到这出大戏在我的门外上演。一开始他们对她大喊，试图盖过她的哭叫声。然后他们开始互相喊叫，想弄清楚发生了什么并试图把她安抚下来。简开始用一种非常缓慢平和的语调低声说话，轻轻地问着什么，直到砰砰声和喊叫声停止了，一切都静了下来。他们领着她回到楼下，她仍在小声地抽泣。

我听见他们的脚步声渐渐远去，防火门在他们身后嗖嗖地关上。我躺在黑暗中，心脏狂跳着，困惑茫然，脑子里满是刚才发生的事。我等着皮特或者简上楼来查看我是不是还好，但没人回来。

过了一会儿，我起身走到窗前，向外望着那些房子。有一扇窗户里亮着灯，有人站在那里看着荆棘山。起码是我觉得她在看着荆棘山，但后来我意识到那是一个抱着小孩的女人，她看着窗外的夜晚，抱着孩子前后摇晃着。在她小心翼翼地回房之前，我站在那里看着她轻轻地摇晃了很长时间。有那么一会儿，她走出了我的视线，但之后我看到她拿了条小毯子盖在睡着的孩子身上，把它整理平整，然后亲了亲孩子的头。灯光熄灭了，那扇窗消失在茫茫的黑夜中。

我回到自己床上，内心平静下来。像那样的瞬间，在全世界每分每秒都在发生着。对大多数人来说，这再正常不过了——他们甚至不会去多想。我在想，如果有人能那样对我会是什么感觉，我想起了凯瑟琳，当她抱着我叫我"有趣的小妞"时她围裙上的味道。我决定想着这样的画面入睡，而不是今晚发生的怪事。

今早拂晓当我打开门时，看见门板凹了下去，表面刮花了，裂成了碎片。而且，油漆上被刻下了"LESS"这个词。

没有朋友。（friendless）

她是在说我吗？

还是她自己？

荆棘山整天都静悄悄的，静得像整栋房子感染了某种疾病。静得像某个将要临终的人躺在病榻上，每个人都在小心翼翼地在他身边走动。天气又热又闷，压得人难以活动。我打开了卧室的门和防火门，让穿堂风从开着的窗户吹进来，但却没什么效果。空气仿佛静止了。我听到简接了几个电话，然后和皮特在客厅里窃窃私语。我一度以为我听到了克林医生的声音，但除了一楼的门咔嗒关上的声音和偶尔传来的脚步声，周围一片寂静。这感觉像整栋房子都屏住了呼吸。

我独自一人坐在楼上，没人上来跟我说话，来看看我好不好。但这也没关系。我开始做下一个人偶了，我听着那一片寂静，想着我们身上会发生什么。

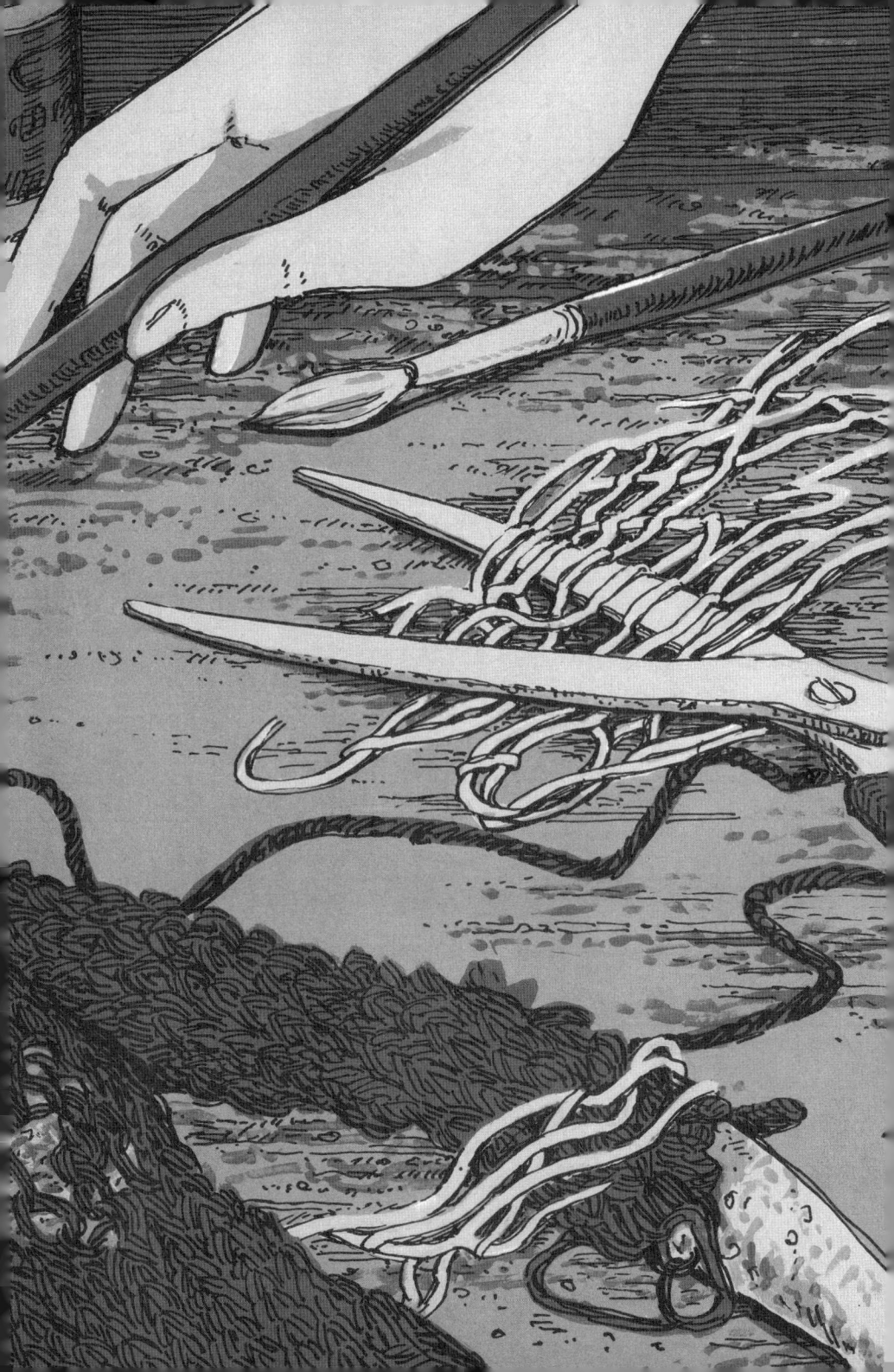

死亡悲剧：玛丽

蝴蝶梦

爱

1982.7.28

今天的事件从简和皮特出门开始。尽管这周发生了这么多事儿，他俩还是会沿着车道散步，挽着彼此的胳膊，笑着，好像他们在这个世界上是无忧无虑的。看着他们，你绝对想不到他俩都在一间气氛越来越诡异、越来越沉默的房子里工作；照看着两个没人要的女孩。

他们可以就这样离开我们吗？

这是可以的？

我觉得这样是不对的。

只剩我和她在荆棘山独处。

我也决定到外边去。

现在回想起早上的情景，我才意识到这是一个多么不寻常的决定。我之前从没想过要走出荆棘山——就像简和皮特那样沿着车道走出大门。我决定去镇上的图书馆……

我之前从没这么干过。

我回到了自己的房间，我的手很稳，头脑在飞速运转。

我觉得我做了一件重要的事。

我认为有些东西已经改变了。

我决定要出去。我开始收拾书包，装了两个苹果，这本日记，我正给人偶家人缝的小衣服和几支笔。我尽可能悄无声息地锁上门，蹑手蹑脚地走下楼梯，向正门走去。然而她站在那里。

我们四目相对，

她的眼睛红红的，脸上带着泪痕；

我让到一边，

她走到我面前；

我又向旁边迈了一步，

她哭着也跟了一步。

"你不能走，玛丽，你得留下。"

她伸手来抓我书包的带子，我把她甩开了，在她做了那些事情之后，我不想让她碰到我。她又要扑向我的包。我把它甩向另一边。里面的东西散落一地，在地板上散开。

我在她脚边摸索着，捡起摔坏的笔和我的日记。她向后退了一步，一动不动地看着我趴在地上。她说："天啊，玛丽，你真可悲。"

然后事情就这么发生了，我生起了一种感觉……我不确定……是愤怒吗？还是挫败感？不管它是什么，都从我体内冒了出来。这一切是多么不公平，她的所作所为多么糟糕；简和皮特的为人是多么刻薄。

　　"不！我一点儿都不可悲。我——玛丽·贝恩斯勤奋刻苦，会做人偶，爱看书，我从不伤害任何人。我容忍了这座房子和你的所作所为，没有对你们心生恶意，怀恨在心，尖酸刻薄。但是你，你完全不是这样。这些恶行把你变成了一个怪物。你才是那个可悲的人。"

　　我的声音颤抖着在门厅回响，听起来又怪又响亮。我没把所有的东西都捡起来，但我拿到了我的日记本——我跑过了她震惊的、布满泪痕的脸，跑出了大门，绕到了房子的后面。我藏在厨房门口，蜷缩在门廊下，大口喘着气。坐在刻了所有女孩名字的砖石下，我曾经在这里感到无比孤独，而现在我的感觉完全不同了。这是……有力量的感觉，是胜利的感觉。

　　这感觉好极了！

　　好吧——四脚着地趴着捡东西的感觉并不好，但我还是有收获的，我能大声说话了。有那么一瞬间我觉得她被吓到了。

而且她放我走了。

这招管用了。

也许这是个新的开始；

也许我能面对她了；

也许我能说话了；

也许我能畅所欲言了。

我在后面的门廊那里坐了大半天，直到下午。我一边吃着摔得坑坑洼洼的苹果，一边心不在焉地读着墙上刻的那一对对名字。当我听到简和皮特从房子前边绕回来时，我先是等了一会儿，才轻手轻脚地回去。就像我之前做过好多次的那样。

但是恐惧的感觉已经消失了。

我知道明天会是不同的一天。

明天我将能大声地表达出自己。

我知道这是我的大好机会，我必须得把握好。

我把想说的话都列了个清单。还记下了她在荆棘山和学校对我所做的一切。我写下了简的所作所为，还有日出孤儿院的事儿。我想确保，如果我没能说出话来，还是能给他们看一些东西，让他们明白发生了什么。

克林医生的诊所人满为患，我不得不在被哭闹的婴儿搅得疲惫不堪的母亲和干咳的老人后边排队。天气很热，所有人都急躁不堪。我想转头离去。但我已经做了这么多，离得到帮助只有一步之遥了。

我其实不确定该做些什么，我以为拿着克林医生的字条就可以随时见他了。

我在脑海里排练着我要说的话以及我要怎么说。我要告诉他们我有多痛苦。我很孤独。我一直被霸凌，我需要帮助，我想说，我不能和她一起去日出孤儿院，然后让克林医生帮我说说话，让我能被安置到别的地方。

我们的队列在缓步向前。

我又排练了一遍……

我很痛苦；

我被霸凌；

我需要帮助。

别把我和她一起送到日出孤儿院。

我必须把这件事做好。自从想到这个主意要做这件事，我就兴奋不已。我可以说出自己的想法改变自己的人生。

队列挪动得太慢了，我又拖着脚步往前走了几步，又从头到尾地演练了一遍说辞。

然后终于轮到我了。

"有什么我能帮你的？"前台问到。

我想张嘴说话却说不出来，于是我在包里翻找着克林医生的详细资料。

"克林医生？你是想预约吗？他今天已经排满了。你哪儿不舒服？找其他医生可以吗？"

我的脸红了，我摇了摇头，指着那张名片。排在我身后队伍里的一个人发出不耐烦的喷喷声。但我下定了决心必须见到他，趁我还有足够的力量时说出来。

前台说："你不能从大街上走进来，没有预约就要见……"就在这时，门咔嗒一声开了，克林医生走了出来，走进了候诊室。

然而我看见了她。

她的脸颊红红的，眼睛也红红的，好像又哭过似的。克林医生带着她穿过候诊室走向诊所的大门。当他经过队伍，我能听见他说："你是一个非常勇敢的小姑娘……"她抬头望着他，楚楚可怜地点着头，一滴眼泪从她那红润的美丽面颊上滚落下来。然后她的目光越过他，直视着我。

她嘴角露出一丝微笑。然后她就走了。

她怎么也在这里？

克林医生是我的朋友。

他本来是要帮我的。

前台小姐还在对我说话。排在我后面的人开始抱怨。我离开了。

现在我回到了荆棘山的花园里，在"乞求女孩"的雕像下写这篇日记。天空万里无云，酷暑难耐，空气闷热黏稠。这天气不适合待在户外，但是我不想进屋。一想到要待在她周围我就难以忍受，她污染了一切。

昨天我以为我能做到，我能畅所欲言，我能掌控生活。

我知道不能去找老师们——比如戴维斯老师，他们不想去注意就在他们眼皮子底下发生的事儿。凯瑟琳会帮我，但她已经不在这儿了。简只对皮特的事感兴趣，而且还觉得我是个怪人。克林医生是我唯一信任、可以求助的人，但如果克林医生相信她的话，又怎么能同时相信我呢？她看起来那么容光焕发，光芒四射，怎么会有人认真对待我呢？怎么才能让他相信她是个残忍的人呢？

也许我还可以去找别人求助，但我真的想不出还能找谁。而且我想得越多，我的信心就越少。

她做到了。

她夺走了我最珍贵的东西并毁了它。

一开始我以为我把钥匙弄丢了。但后来简也找不到备用钥匙。她看到我慌了神，就让皮特打电话给锁匠。我和简一起站在楼梯平台上，让锁匠可以修锁，他胖胖的，热得直冒汗，干活时还喘着粗气，但看上去很愉快。当他听到门锁咔嗒一声打开时，脸上露出了灿烂的笑容，他退后几步，动作夸张地打开了门。

当他看到我的房间时，他的笑容消失了。

简倒吸一口气。

我听到一声响亮的哭号。然后我意识到那是我自己发出来的。

我的房间被毁了。

我的书散落在地板上，书页被撕掉了。我的钢笔、铅笔和课本也散落一地。我的衣服从抽屉里被翻了出来。就好像一场龙卷风撕裂了整个空间。

还有我的人偶……

所有人偶的头都不见了，他们的身体散落各处。从墙上和天花板上被扯下来，被随意扔得满屋都是。他们的脸要么从地板仰面朝天盯着我，要么朝下埋在地毯上。这看起来像是一场没有流血的大屠杀。

她毁了我所在乎的一切，入侵了我的避难所，偷走了我的安全感。

锁匠很快就走了，简和皮特走上前来，说了些惊讶而关切的话，但我仍一动不动地站着，直到他们走开。现在我坐在自己房间的地板上，被混乱和损坏的废墟所包围。

我不住地发抖。

但我并不害怕。

只是愤怒。

我怒火中烧，高温和我心里的愤怒一起燃烧着，这感觉在我体内涌动，好像我和它在一同膨胀。

我恨她！

我恨她！

我恨她！

我恨她！

祝你好运
艾拉!

荆棘山静悄悄的。

整栋房子都屏住了呼吸。

我锁着门待在房里。新钥匙在我手边，没人能进来。

我不能让自己见到她。

我很愤怒。我的愤怒像滚烫的脉搏，悸动着，撕咬着，怒不可遏。我在回想上周发生的事情。那些场景匆匆飞逝转换。在我的脑海里翻来覆去。

一定是我在大厅把包甩开的时候让她拿到了钥匙。

这是对我想要说出自己真实感受的惩罚吗？

简和皮特上来过几次，他们轮流敲门，请我让他们进来，"聊聊"发生了什么，把这件事"说开"。

我不想听。我戴上随身听，通过耳机把音乐调得很大。我绝对不会让他们进来的。我不会让任何人进来。我不想让任何人再踏进这里一步。

我不能碰他们留在门外的食物。我的喉咙很紧，除了喝水什么也吃不下。

我已经开始整理我的房间了。我正在把纸张码成堆，用胶带粘好被撕碎的课本。我把小说摆回书架上，把钢笔和画笔都插回罐子里。我正在努力整理——去复原——把东西重新摆放整齐。

但我的人偶，我对它们另有打算。我正在一个接一个地把它们缝回去或粘回去，缝补它们的衣服，然后把它们放回之前的地方。不是所有地方都能修补如初的——有的部分的黏土摔坏了或者找不到了，但我尽了最大的努力去修复它们。只不过我会从每个人偶上拿走一小部分。从我每一个漂亮的小朋友身上拿走一只手，一段手臂，一些填充物或者几缕头发。我收集了一堆我不会安回去的头部，断臂断腿。我桌上放着一堆玻璃眼珠还有乱蓬蓬的纺线做的头发，每剪一刀，每切一次，我都会想起她。

当所有娃娃都为我贡献了一些零件后，我小心翼翼地把它们放回原处。轻轻让它们坐回或悬挂在之前的地方，在那里它们可以注视着房间。它们每个人都有了一点瑕疵——除了"玛丽小姐"。

她幸存了下来，她没有抓住"玛丽小姐"。事实上，我发现她掉在床下了。看来她比其他人都要强大——就像故事里说的那样。只有在《秘密花园》的故事里有幸福的结局。

他们成了一家人，那些曾经难过又心碎的人组成了一个家。

但这是不可能发生在荆棘山的。

1982.8.9

砰砰！

砰砰！

砰砰！

我一闭上眼就能看见她的笑脸，是那么幸灾乐祸。

我看见我人偶的头在地上注视着我。它们的身体扭曲成别扭的样子，衣服都被撕坏了。

砰砰！

砰砰！

砰砰！

我好饿，但吃不了东西。

我睡不着。

砰砰！

砰砰！

砰砰！

我一定要让她明白，她是个什么东西，她到底做了什么。
我在准备我的复仇，我又剪又切。

剪，剪，剪。

砰砰！

砰砰！

砰砰！

他们想进来，我是不会让他们进来的。

他们砰砰敲门。

他们砰，砰，砰。

我能听见自己的心跳声。

我气得心脏猛跳。

砰砰！

砰砰！

砰砰！

我知道了！

我知道该怎么做了。

我已经想出了个计划。

我整晚都没睡，差不多要完成了。

我兴奋得头晕目眩，愤怒得浑身发热，我对她恨之入骨，我受够她了，我受够了这一切。

我创造了她。我把我的人偶身上取下的部分缝在一起，粘在一起，做成了她。——不是大家看到的那个她——不是那个自信的，脸颊红润，金发碧眼的美丽姑娘。而是我所了解的那个她——冷漠，丧心病狂，内心丑陋的人。她蛮横愤怒。她是脓液、黏痰、小便。她是个可怕的人，我想让她看清自己。

我从我的人偶身上剪啊，剪啊，取下一些胳膊和腿的部分，然后把它们缝合在一起，做成了我这个真人大小的怪物的脸。她的眼窝是用弄碎的纸，从人偶身上取下的胳膊和手做成的。她的脸颊是从我的人偶身上扯下来的破布缝成的。我在她脸上贴了像疣子一样的玻璃眼珠，还把玻璃眼珠串联在一起，做成项链送给我的怪物。我把一丛丛头发缝进她的身体里，把黏土碎片和塑料碎片像鳞片似的粘在她身上，做成她的皮肤。我用泡沫、破衣服和纸浆糊做她的填充物。

　　然后我哭了，我哭是因为我用了我那些受伤的老朋友身上的一部分。因为我认出了那些我曾经精心设计、制作并深爱着的人物的一部分。我在它们每一个人身上都投入了时间和精力。它们是那么的美丽。现在这些难看的碎片被用来做成了更丑陋的东西，而我在切割、缝合、黏合和塑形的过程中，无法控制泪水落在我的手上。

　　但是现在我做成了这个她。

　　现在我可以毁了她。

艾拉 敬上

艾拉敬上

艾拉敬上

1982.8.15

我准备好了，昨天晚上我把我的怪物人偶顺着楼梯一直滑到了厨房里。夜深人静，从简和皮特的房间传来低语的声音，而她的房间传出了啜泣声。

这次轮到我把椅子搬到楼下的食品室里去了，只不过在架子之间狭小的过道里，我把它们背对背绑在了一起，这样我就能爬到椅背上够到高处了。我试了好几次才把绳子扔过横穿天花板的管道，但我好歹做到了。我把绳子拧成一个套索，又把套索套在人偶的脖子上，把它吊到合适的位置，挂着它的脖子让它垂下来。我收拾好椅子，退后几步欣赏自己亲手打造的杰作。她看起来很华丽，在高高的窗户透出的光线下慢慢旋转着，她的鳞片和头发在月光下闪闪发光，她的脸是用其他人偶的胳膊、腿和头做成的，在这样半明半暗的光线下，让人毛骨悚然。我把她留在那儿就关门出去了。

然后我把准备好的两封信放在前门的门垫上，一封是给

442

皮特的，一封是给简的，这样看起来就像是邮递员送信时放在那里的。我从办公室拿了钥匙，然后把我写给她的便条塞进她卧室的门缝下。这次她没有开门用那双哭红的眼睛看着我回到楼上。

现在我回到了屋里，等着。

我兴奋地等待着，为我制定的计划感到激动，我觉得一切尽在掌握之中，感觉自己充满了力量。

1982.2.8

我就知道好景不长。看都不用看我就知道是她回来了。我能听到她的笑声在楼梯间回响，当她走回自己的老房间，走廊里的每扇门都像以往那样砰砰作响。听到这些声响我简直呆住了，那种感觉又钻进了我的骨头缝里，恐惧刺痛了我的脖颈和后背。

我简直不敢相信这是真的。

现在我该怎么办呢？

我不敢相信发生了这种事。

我不敢相信我竟然这么傻。

　　她昨天下午来找我说苏菲下周就要去新

的寄养家庭了，她们晚上打算办个月光野餐

会为她庆祝一下，她希望我也一起去。她

诉我像过去那样的日子一去不返了，她们

会再想着把我排除在这样的活动之外，现

我是她们中的一员。

　　　　晚上我离开了房间蹑手蹑脚的下到

那层，窗外的风透过烟囱筒呼啸而过。我太兴

场冒险蒙上了戏剧化的色彩。我太兴

当我们偷偷溜下主楼梯，经过简的房

她们带着微笑接纳了我，咧嘴笑着

眼睛。

　　　　直到我们走到餐厅门口时我才

我从没想过该从那儿弄来野餐的食

　　　　她站在食品间的门口。

她用胳膊环着我说："这是专门给咱俩准备的特殊待遇，玛丽，只有你和我。"

她打开屋门，我们走下低平的台阶，进入了橱柜似的房间。里边摆满了罐头、食品袋和其他瓶瓶罐罐。她指了指架子顶层小窗户旁的一个瓶子。

"那是凯瑟琳做饭用的雪莉酒，"她笑着说，"来吧，帮我们个忙！"

我双手交叉托着她，她试着用脚勾住我的手站起来，可试了几次都没成功，甚至都没能靠近那个架子。

"玛丽你等一下，我去找个椅子来。"

我会永远爱你
妈妈

1982.8.16

我需要整理一下思绪。想想该怎么做。

我想尽可能多地记住这些事。

我比其他人起得都早。我等在楼梯下面的防火门外，看着这一切发生。

简从皮特的屋里出来，穿过房间来到正门的门垫前，我的信和邮递员送来的真信都放在那里。它们马上起了效。简和皮特跑来跑去，满处找他们的漂亮鞋子，互相叫对方快点。他们冲到皮特的"莲花"轿车边，想象着要跟克林医生和社工在隔壁镇见面。我知道，要过好几个小时他们才能意识出了问题，再折返回来。到时候一切都已经结束了。

我看到她拿着我写的纸条打开了门时，向后退了一步。她向上看了一眼但没看到我，就回屋去了。

我蹑手蹑脚地走到厨房，躲在厨具设备后面，挨着食品间的门。

我等着，看着，回想起了她在餐厅里当着所有人的面说要和我做朋友。

我看着，等着，回想起了水里放的盐，洒在我裙子上的肉糜。

我看着，等着，回想起那些我独自在餐厅吃饭的日子，而其他女孩们则在我周围的桌子边谈笑风生。

我等啊等啊，想着我人偶的头被砸坏了凹了进去，在卧室的地板上盯着我。

然后我听到厨房的门开了。"玛丽？"

是她。

我听见她走进厨房，绕过建筑工人留下的工具，到了食品间门口。她几乎就在我身边。她打开食品间的门，边走下楼梯边喊："玛丽？你在这儿吗？我看到你的纸条了。"然后她一步一步走下楼……

我瞅准机会，从我藏身的地方跳出来，狠狠地推了她后背一把。

她摔下去的声音很吓人，但我还是砰的一声把门关上，用一把椅子卡住了门把手。

我能听到她尖声大叫，但我必须按计划行事。我依次把前门、后门和侧门都锁上了。一切都很完美，她被困住了，她那么害怕而我掌控着一切。

我坐在那里，背靠着食品间的门。我第一次享受着她愤怒的砰砰的捶门声。

砰砰！

砰砰！

砰砰！

只不过这次，是她在屋里。当我把棚子里找来的石蜡油倒在地板上，顺着门缝往她那边扫时，我感到非常平静。我一点点地倒，把它们从门下流进去，想象着它们在她脚下飞散，顺着楼梯弥漫下去。

她叫得更凶了，她生气地嘶吼，求我放她出去，躲开这可怕的东西，她问我在干什么。这些是什么东西？

然后我又坐下了，手里拿着准备好的火柴。我静静地坐下听着，我背后的门被撞得震颤着。我感觉很不错，我享受她的恐惧。

亲爱的玛丽：

你的名字是玛丽，对吗？我找到了你的日记。发生在你身上的事儿真让人难过。你一定觉得很孤独吧。现在我们是邻居了，也许我们可以为朋友吗？

方

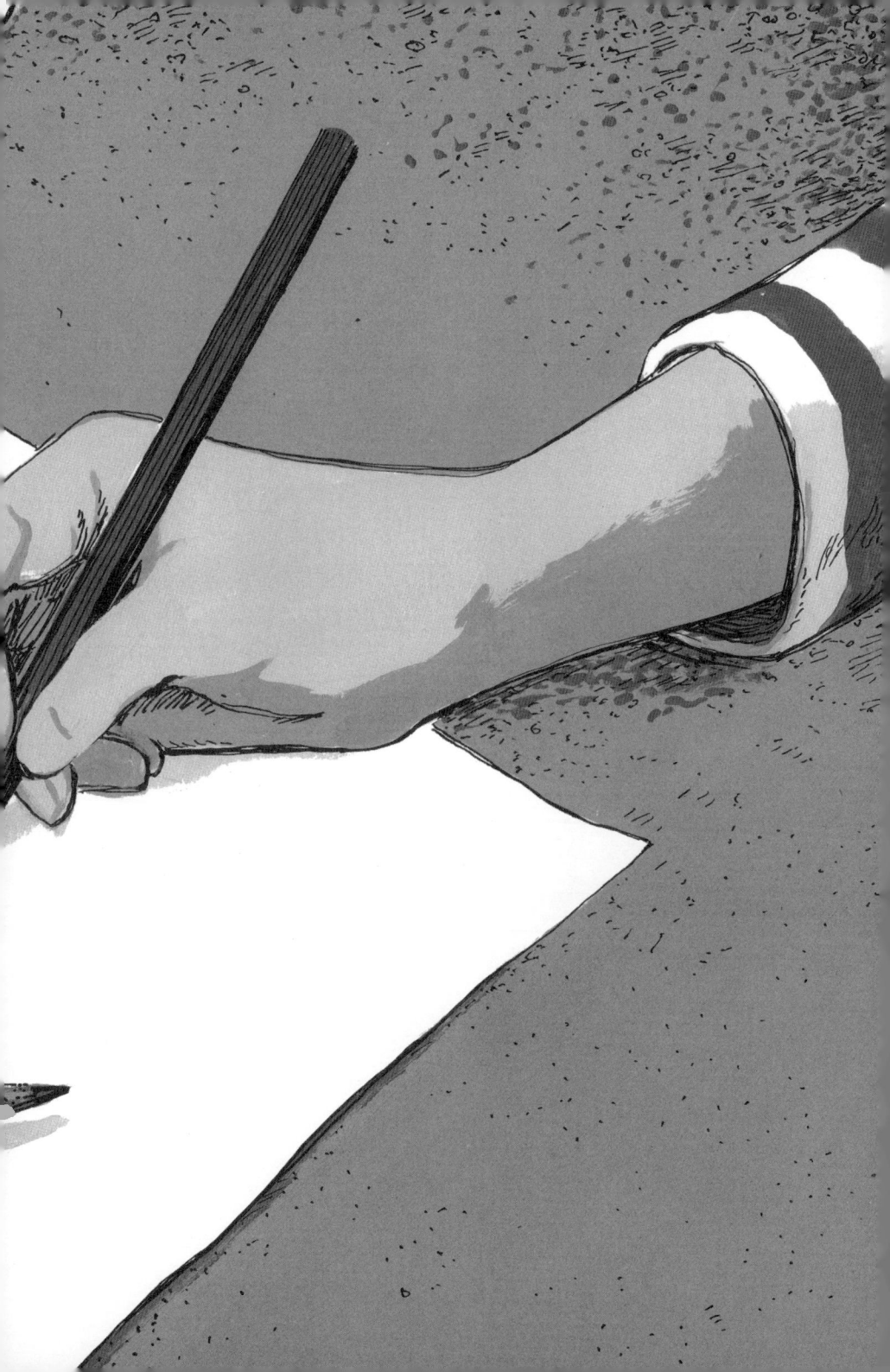

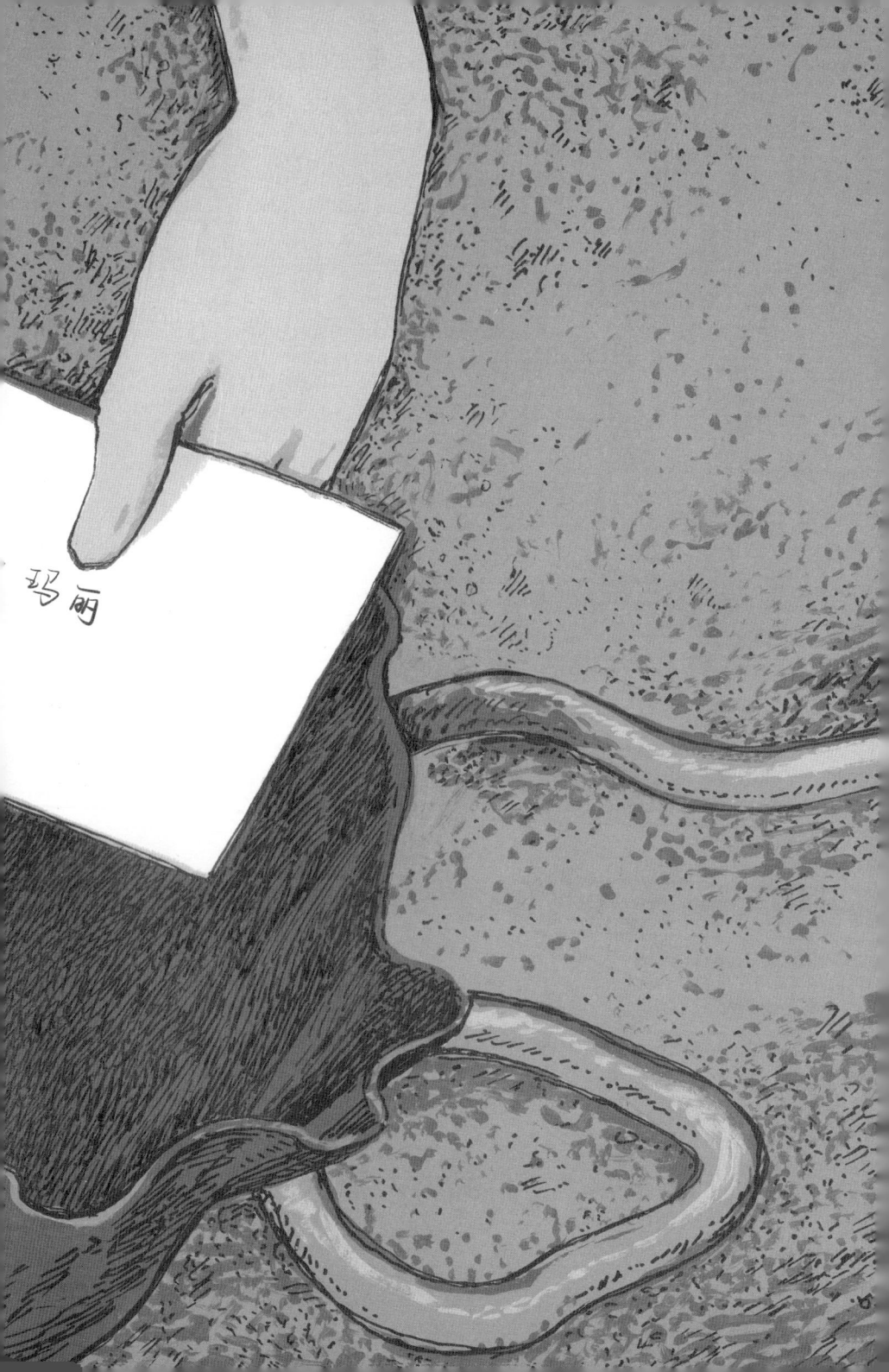
玛丽

然后她不出声了。

我听见她滑下身子，背对着门坐下来。她一定坐在了一摊石蜡油里。她的喊叫声渐渐变成了断续的抽泣，但大部分时间她都没动。我们都坐在那儿，在门的两侧，背对背坐着。

然后她开始说话了。

"玛丽，那……东西……是用你的人偶做的吗？这是你用我弄坏后剩下的人偶部件做的？玛丽，这东西太丑了，而你的人偶都很漂亮。

"玛丽，我非常……非常抱歉，我不是故意弄坏它们的。我本来没想毁了所有东西。我去了你的房间，那实在是太……惊人了。你的书，你的人偶。你根本不需要我们，因为你已经拥有了一切——关于你的一切都在那房间里了。而我无法忍受你从来都不让我进去……我知道我一直都很过分。我知道我让你痛不欲生。但你是唯一一个对我视若无睹、不会盲目追随我的人。我所做的一切，我们所有人对你所做的一切，你都毫无回应。我只在凯瑟琳离开的时候听到你哭过一次。然后我发现你是因为我才不哭的。所以我就停手了，玛丽，难道不是吗？但我依然会在晚上到你房间去。我希望我们成为朋友。我甚至把这个愿望写在了你的门上。但你走开了。就像所有人一样，你拒绝了我。我甚至求你留下但你还是走了。你叫我怪物，你是对的。我变成了个怪物这样他们才能注意到我，听到我说话。但是没有一个人真正会听我的心里话。他们看到了这张脸，玛丽。他们读了我的档案。我试着寻求帮助但他们谁都不理会。他们看不到我的内心。

"玛丽，我们是一样的。我们都无法出声，我们是隐形的。事情不用搞得像现在这样，玛丽。昨晚我就打好了包，现在就放在我房间里。如果不是看到了你的便条，我现在已经离开这儿了。我想要一个新的开始——不去那个他们给我安排好的地方，去一个我能从头开始的地方。玛丽，你也来吧——我们可以一起离开荆棘山。我们能成为朋友。求你了玛丽。是这个地方的问题，是荆棘山有问题。是它在多年前把我变成怪物的，现在它在对你做同样的事，玛丽。我们走吧。

"求你了，玛丽。

"求你。"

我没想到她会说这些话，我不知道该怎么办了。我轻轻起身走了，把她留在了那里。我得上楼来把这些想清楚。

是我误会了吗？也许她是真的想交朋友，想问我却不知道如何开口。我有种不祥的预感，我犯了个可怕的错误，就像简和戴维斯老师误解我一样，我误会了她。她一直对我很不好，但她是不是在试图改变，而我却没有注意到。我想起她的眼泪——在诊所布满泪痕的脸，她在夜里抽泣的声音。

难道她是对的？是这个地方有问题，是生活把她逼成那样的？我也变成了个怪物吗？

我想起了当我制作那个丑娃娃时的满腔怒火。它现在应该在下面，慢慢地打开绞索。一小时前我还怒火中烧，恨不得把她，把我，把荆棘山都点着。现在，愤怒蒸发殆尽，我只是感到困惑。难道我真变得丧失人性，竟然想要毁灭另一个人？

这不是她的错。

这不是我的错。

只是不知怎么，所有事儿都乱套了。

我回到楼下，我的脚步声大声回荡在空旷的房子里。

她在食品间另一头悄无声息，当我用钥匙打开门锁时，手不住地发抖。

我打开了门，她就面朝着我站在那儿。她鼻青脸肿的，牛仔裤上沾满了石蜡。

我冲她笑了。

她也回给我一个微笑。

有那么一瞬间，我以为我们真能成为朋友，我们会一起离开荆棘山。

我像要拥抱她似的伸出了手。

但后来我发现她的眼里没有笑意，她的态度生硬冰冷。她的目光落在我的手臂上，然后又回到我的脸上。那个微笑变成了一种讥笑。

"别跟个傻子似的，玛丽。你不会真的以为我会带你走吧？"

她从我身边挤了过去，把我推下了台阶。我像几个小时前的她一样摔下去了。

她从台阶上居高临下地望着我。

喊了声"怪胎"然后离开了。

我躺在地板上，听着她在一楼跑来跑去，四处试着开门。

最后我听到打碎玻璃的声音，一切都安静下来。她走了，又剩我孤身一人。

她把我最后一丝希望也带走了。我躺在食品间的地板上，身上没有受伤，但我的心碎了。她又骗了我一次，我所有的怒火，我做的所有计划都没能实现我的复仇——我连这都做不好。我真的那么迫切地需要一个朋友以至于去相信她说的所有话吗？

我看着怪物人偶在她的绳子末端慢慢地旋转。

荆棘山只有我一个人了，
我知道我该怎么做了。

我花了好长时间才把我的怪物人偶从她的套索上解开。我像抱着个孩子一样抱着她走上食品间的台阶，穿过大厅，经过一层、二层、三层所有空置和上锁的卧室。一回到屋里，我就用毯子把她裹了起来，就像前些天晚上我在黑暗中看到的那个母亲一样，我站在窗前，前后轻摇着我丑陋的小怪物。我想对她好一点。我给她唱了摇篮曲，把她放在我床上，给她掖好被子，让她觉得温暖舒服。她的头枕在我的枕头上。我给她盖上一条毯子，这样她就可以在我走后依然温暖安静地休息。

我摆好房间里的一切，确保我的人偶们整齐地挂在书架上，娃娃们好好地坐在书本中间。我把所有东西折好收进抽屉里，整个房间整洁有序。

我站在窗前，最后一次望向树顶，看着鸟儿自由地飞翔。在外边的某个地方，她也终于自由了。逃离了荆棘山，她能从这地方给她带来的痛苦中解脱出来吗？

我呢？

我不能走。
我不能就这么离开荆棘山。

我不能丢下那些打着补丁的破人偶。它们是我的朋友和家人。它们无论如何都陪伴着我，它们见证了一切。它们在这里，荆棘山就是我的家。

所以这就是我日记中的最后一笔。

等我写完这一页，我会把它放在我的窗台上。希望有一天会有人在乎到去读完它，希望有一天有人能明白这一切。

我将会锁上房门把钥匙藏在曾带给我美好回忆的秘密花园里。

然后呢？

我将在故事开始的地方做个了结。

我将回到食品间去，那是一切开始发生改变的地方。

我要确保他们永远不能把我送走。

我要确保自己能留在这里，留在荆棘山。想待多久就待多久。

这是我的选择。

我选择留在荆棘山，永远也不离开。

消防队与荆棘山大火展开搏斗

神秘的大火席卷了有争议的历史建筑。

周五晚上消防队接到报警前往荆棘山地区执行灭火任务。大火已经吞噬这座古老房产的屋顶。

当地居民欧文·德雷珀在位于高街的自家店铺内看到荆棘山地区升起滚滚浓烟而后报警。

入现场十分[...]

"这块地[...]

地保护[...]

外人[...]

际[...]

"我看到黑云从树后升起，就知道坏事儿了。我报了火警。"

然而，当[...]

子悲伤地

我们在这个

上被忽视的一

。" 当地社会活

动家桃乐丝·谢尔

顿说道，"在我们

社区中这样一个被

忽视的部分，发生

这样的悲剧只是时

间问题。"

消防部门目前还不

知道荆棘山火灾发

生的原因，但会对

可能导致火情的原

因进行全面调查。

"很显然，闯入者

是有嫌疑的。" 韦

伯说，"像这样被

忽视的地方往往会

引发不满。但到目

前为止，还没有能

直接指明火灾原因

的迹象。对此我们

仍需保持开放的心

态。"

当地失踪女孩的情况愈发引人担忧

警察越来越担心大

学生艾拉·克拉

的安全。

艾拉的父亲

出差回家

儿失踪

约翰

才

密

防止

所以实

很难取得

梅德切斯

部的消防队

伯承认道。

我们需要依照程

序研究如何保护像

荆棘山这样脆弱的

地方。如果我们能更

早摸清此地存在的

问题，我们本能够

更及时地保护它。"

艾拉在哪里？

警方愈发担心失踪女学生艾拉·克拉克的安全

在昨天的新闻发布会上，警察局长西蒙·夏普呼吁公众协助寻找失踪的在校女生艾拉·克拉克。艾拉于一周前从位于梅德切斯特的家中失踪。尽管警方和艾拉的父亲都在请求社会公众的帮助，但暂无发现艾拉踪迹的报告。自从其父克拉克先生上周四出差家开始，就没有艾拉。"请大家回否在上周或着时候见过这

艾拉·克拉克：于上周

河

荆棘山

另一位受

荆棘山废墟中发现一名身份不明的死者，警方叫停搜寻艾拉的工作

事件发生悲剧性转折，昨日警方在荆棘山废墟中发现一具尸体，随即停止了对艾拉·克拉克的搜寻。目前还未正式确认尸体身份，但警方已将事态发展通知了艾拉的父亲。

艾拉于9月15日失踪，就

艾拉·克拉克

在同一天，大火席卷荆棘山老宅。火灾发生后的现场保护工作持续了数日，而警察和消防队员才刚刚进入现场讲

出现
？者

玛丽·贝恩斯

"艾拉的家就在荆...
边，而那是我们主要
搜寻房屋和那片土地...
已经尽可能将工作做到...
得知火灾造成一人死亡...
我们感到很难过。死者...
份尚未确认。当然，我们
确保会将该事件进展告知
克拉克先生。"

这是荆棘山自1982年宣布
关闭以来发生的第二起命
案。这所房子在我们的社
区中心被苦难和悲剧所环
绕。而最近的这一事件似
乎只会增加它荒凉无望的
名声。

行搜查。

一份简短的声明中，
查员夏普表达了他的
，因为他们不能更

评论：第八页

凡妮莎·伍德询问荆棘山
的历史对我们的社区...

荆棘山又出现
另一位受害者

我只是想有个朋友。

仅此而已。

鸣　谢

如果不是一些了不起的人给予我帮助和支持，这本书就无法完成。

我要感谢那些帮助我申请假期的人，尤其是西蒙·普拉特-亚当斯和菲利普·普尔曼。雷斯中学的安德鲁·厄比允许我在学校网站上绘画，这是非常珍贵的机会。

我十分感谢莉比和克莱米亚耐心地做我的模特，也感谢海伦·梅林让我使用她的一些绝妙的图案设计。在为这本书准备插图的过程中，保坂智子向我提供了有趣又可靠的帮助。

我的经纪人伊丽莎白·罗伊在这个项目中一直是我忠实的朋友和支持者，我在剑桥艺术学校的同事们也是如此，尤其是克里斯·欧文、约翰·克拉克和汉娜·韦伯。

也许这本书的作者冠以我的名字，但它从创作之初就倾注了一个团队的努力。我非常感谢大卫·菲克林图书公司的全体人员。但尤其要感谢大卫·菲克林相信这个故事，感谢布朗温·本尼的专业精神和热情，感谢艾丽丝·科里坚定地指导我，感谢尼斯伍德作为一位鼓舞人心的设计师和朋友。

最重要的是，我非常感谢大卫和米拉在我创作《荆棘山》期间对我的耐心和理解。你们不变的友善和支持是珍贵的礼物。谢谢！